CHV

Ursula März

FAST SCHON KRIMINELL

Geschichten
aus dem Alltag

Carl Hanser Verlag

Für A.

1 2 3 4 5   15 14 13 12 11

ISBN 978-3-446-23749-0

Lektorat: Rainer Wieland
Satz: Greiner & Reichel, Köln
Druck und Bindung: Friedrich Pustet, Regensburg
Printed in Germany

FAST SCHON KRIMINELL

AUF BESTELLUNG

Wie fing es eigentlich an? Was gab die Form vor, was wuchs hinterher? War erst der Bauch da und dann die Beute, oder war es umgekehrt?

Man fragt sich dies bei der Geschichte von Bernd Mühlborn ganz unwillkürlich. Es liegt einfach nahe, zwischen der Masse seines Körpers und dem Berg von Dingen, die er im Lauf der Zeit ergaunerte, einen Zusammenhang zu sehen. Dick ist er wirklich. Vor allem das Kinn und der Rumpf haben beträchtlichen Umfang, der allerdings durch die Garderobe, die Bernd Mühlborn trägt, auch besonders auffällt. Er platzt aus den Kleidungsstücken wie ein Kind im Wachstumsschub, dem plötzlich alles zu kurz und zu eng geworden ist. Mühlborns Jeans haben stark Oberwasser, sie reichen noch nicht einmal bis zu den Socken hinunter. Sein Anorak ist so eng, dass der Reißverschluss vorne offen steht. Vielleicht, so lässt sich mutmaßen, hat sich Mühlborns illegale Güterbeschaffung Kilo für Kilo auf seinen Leib niedergeschlagen. Vielleicht aber war es eben genau andersherum: Bernd Mühlborn verschaffte dem Gewicht, das er schon vor seinem Betrug auf die Waage brachte, eine Art materielles Gegengewicht.

Mehrere Jahre lang ließ er sich Waren von Versandhäusern schicken, ohne sie je zu bezahlen. Das ging erstaunlich einfach und erstaunlich lange gut. Es wäre für Bernd Mühlborn eine Kleinigkeit gewesen, auch einmal Herrengarderobe, Hemden, Hosen, Jacken in passender Größe für sich selbst zu bestellen. Offensichtlich hatte er daran aber kein Interesse.

Er bestellte bei Neckermann, bei Quelle, bei Bader, bei Bauer, beim Ottoversand, aber er bestellte hauptsächlich Artikel aus dem Elektroniksektor; Farbfernsehgeräte, Weltempfänger, Videomischpulte, CD-Player, CD-ROM-Laufwerke, Zimmerantennen, Campingantennen, Computer natürlich. Sehr oft bestellte er Uhren, einmal sechs Funkarmbanduhren auf einen Streich. Sie kamen sämtlich ins Haus. Einmal bestellte er etwas sehr Spezielles, nämlich ein Präzisionsschraubendreherset. Ein Kumpel aus den Kneipen, in denen Bernd Mühlborn sich vom späten Vormittag bis in die Nacht hinein aufhielt und allmählich betrank, hatte es in Auftrag gegeben. Es kam auch vor, dass eine solche Kneipenbekanntschaft mit einem Katalog unter dem Arm an der Theke erschien und Bernd Mühlborn sich die Bestellnummern der gewünschten Waren aufschrieb oder bereits fertige Wunschzettel entgegennahm, regelrechte Einkaufslisten. Dies war die eine Variante seines Schwarzhandels. Die andere bestand darin, dass er drauflosbestellte und die Waren dann aus seinen Anoraktaschen oder einem alten Rucksack heraus feilbot, den er noch aus der Schulzeit besaß. Natürlich hätte er sich auch einmal eine neuere, flottere Tasche bestellen können. Er tat es nicht. Sowenig, wie er sich mit Kleidung oder Einrichtungsgegenständen zur Aufbesserung seines kümmerlichen Mobiliars versorgte. Es ging ihm wirtschaftlich gesehen nur darum, seinen Alkoholkonsum zu finanzieren, der im Monat mindestens fünfhundert Euro forderte. Ein Betrag, den die Sozialhilfe nicht abwarf.

Täglich kamen Pakete ins Haus. Wenn der Postbote sich verabschiedet hatte, machte sich Bernd Mühlborn zügig an die Arbeit, sortierte die Versandhauswaren, verstaute sie in seinem Schlafzimmer, füllte Rucksack und Anorak und wanderte, bepackt wie ein Abenteurer, der es drei Wochen mit sich allein in der Wildnis auszuhalten gedenkt, in seine Kneipe. Er musste sich ranhalten bei den Geschäften. Denn der Handel brachte ihm nur ein Viertel oder sogar nur ein Fünftel dessen ein, was die Artikel den Versandhauskatalogen nach tatsächlich wert waren. Der Ärger über dieses Verramschen bohrte in ihm. In angetrunkenem Zustand beschwerte er sich bei seinen Kunden über die ökonomischen Missverhältnisse, die ihm ein hohes Risiko eintrugen und einen vergleichsweise geringen Profit. Es blieb ihm nichts anderes übrig. Denn schon nach einem Jahr waren der Kreis seiner Bekannten und die Kreise von deren Bekannten mit Elektronikkram weidlich versorgt. Er argwöhnte, dass Leute, denen er für fünfzig Euro einen Flachbildfernseher nachschmiss, diesen für gutes Geld und mit Gewinn weiterverkauften. Aber er hatte gegen eine solche Kettenreaktion seiner Hehlerei kein Mittel in der Hand. Anders gesagt: Bernd Mühlborn besaß weder die Autorität, den von ihm geschaffenen Markt zu kontrollieren, noch die Professionalität, ihn zu vergrößern. Sein Radius war aufs Warenbestellen und die täglichen Wege zwischen Wohnung und Kneipe reduziert. Denkbar ist, dass er sich durch diese Beschränkung ein Gefühl der Bescheidung aufrechterhielt, sich dadurch wiederum der beruhigenden Selbsteinschätzung versicherte, alles in allem ein anständiger Kerl zu sein.

Die Tricks, die er zur Durchführung des Betrugs anwandte, wirken geradezu simpel, hausbacken. Eigentlich war es, von der Kernidee des Betrugs abgesehen, nur ein einziger Trick: Alle paar Wochen dachte sich Bernd Mühlborn ein neues Pseudonym aus, unter dem er sich bei den Versandhäusern meldete; mal nannte er sich Detlev Vogel, mal Josef Berger, Hans Löffler, Dieter Riegel, Manfred Schramm, Joachim Haucke. Diese Namen schrieb er auf einen Zettel, den Zettel heftete er für den Postboten außen an die Wohnungstür. Bei den Versandhäusern, deren Rechnungen nie bezahlt wurden, hätte es eigentlich für Irritation sorgen müssen, dass die angesammelten Schulden zwar von Personen mit verschiedenen Namen stammten, diese sich aber durchweg unter ein und derselben Adresse fanden. Auch dem Postboten hätte etwas auffallen können. Am laufenden Meter lieferte er Pakete an eine Anschrift mit scheinbar ständig wechselnden Bewohnern, obwohl es immer derselbe Dickbauch war, der die Tür öffnete und ihm die Fracht abnahm. Bisweilen kam es auch vor, dass Bernd Mühlborn die Pakete vom Postamt abholte. Für seinen Personalausweis scheint man sich dort nicht interessiert, ja, alle beteiligten Instanzen scheinen Bernd Mühlborn den Weg, auf dem er seine Geschäftsidee realisierte, in geradezu entgegenkommender Weise geebnet und mit dem Eifer unsichtbarer Wichtel freigeräumt zu haben. Sein Handel flog erst auf, als einer seiner Abnehmer am Bahnhof einem Unbekannten, bei dem es sich um einen Kriminalbeamten in Zivil handelte, für dreißig Euro eine Armbanduhr mit Brillanten rund ums Zifferblatt aufschwatzen wollte.

Ein einziges Mal, für eine kurz währende Phase, wichen Bernd Mühlborns Bestellungen vom gewohnten Muster ab. In den Paketen, die er nun erhielt, befand sich nichts Technisches, sondern ausgesprochen Weibliches. Dinge für Damen, Dinge mit einem verruchten Einschlag; dünne schwarze Dessous, ein Korsagenkleid, goldene Stiefelettchen. Bekleidungsstücke, die weniger für die Straße gedacht sind denn für ein schummriges Schäferstündchen zu zweit. Es ist recht unklar, was Bernd Mühlborn mit diesen erotischen Köstlichkeiten wollte. Denn er hatte keine Freundin, es hatte noch nie in seinem Leben eine gegeben. Aber er hätte gern eine gehabt, und vielleicht dachte, zauberte er sich ein Wesen herbei, indem er schon mal ein paar Attribute bereitlegte, in welche die Frau dann nur noch hineinschlüpfen musste. Der dicke Bernd Mühlborn ähnelte dabei einem Hungrigen, der sich einen Restaurantbesuch nicht leisten kann, aber vom Trottoir aus die Speisekarte neben dem Lokaleingang studiert und so die Entfernung vom Wunsch zur Erfüllung, zumindest in der Phantasie, ein klein wenig verkürzt.

Bernd Mühlborns frivole Bestellphase hörte so abrupt auf, wie sie begonnen hatte. Danach beschränkte er sich wieder auf Elektronik: Ein Anrufbeantworter von Quelle. Ein CD-ROM-Laufwerk von Bauer. Ein Diskettenset von Neckermann.

Der Richter, vor dem Bernd Mühlborn nun steht, glaubt dem Angeklagten nicht, dass er sich Verrücktheiten wie schnurdünne Tangas und goldene Plastikschuhe in Größe 38 schicken ließ, nur um sie dann im Warenlager seines Schlafzimmers herumliegen zu lassen. Da wird doch eine reale Person, gar eine Komplizin im Spiel gewesen sein. »Nein«, ruft Bernd Mühlborn in den Gerichtssaal und setzt sich zum ersten Mal in dem Prozess, den er sonst stumm und geduldig über sich ergehen lässt, empört zur Wehr. »Das war nur so, als Extra.«

IM ALLEINGANG

Single-Partys, Kontaktanzeigen, Blind Dates – was hat Robert Hestler im Bestreben, die passende Frau zu finden, nicht schon alles unternommen. Mutig, frei von Schüchternheit, ist er obendrein.

So hat Robert Hestler sich zum Meisterstück des Männerlebens erzogen, wildfremde Frauen einfach anzusprechen. Nicht geschäftsmäßig, nicht wie ein Mann, der die Signale weiblicher Bezahlbarkeit auffängt, aber doch ziemlich direkt. Sitzt Robert Hestler beispielsweise im Café und entdeckt am Nebentisch eine gepflegte, sympathische Dame, steht er einfach auf, fragt, ob er sich kurz dazusetzen darf, und beginnt, wenn er darf, ein zielgerichtetes Gespräch. Er sagt, wie er heißt und wie alt er ist. Er skizziert seine wirtschaftlich günstigen Verhältnisse, die Lage seines Junggesellentums sowie den Wunsch, dieses zu verändern. Robert Hestler, der im Lauf der Jahre die Lust verloren hat, sich in weitschweifigen Flirts, in Konversationen über Politik und Wetter zu verschleißen, um hinterher festzustellen, dass eine verheiratete oder fest gebundene Frau bei Kaffee und Pikkolo auf seine Kosten lediglich ihr Selbstbewusstsein pflegen ließ, legt sofort die Karten auf den Tisch. Nun erwartet er, dass die Unbekannte das genauso macht. Reagiert sie nicht, fragt er einfach drauflos. Verheiratet? Kinder? Ortsansässig oder zu Besuch in der Stadt? Diese Tour führt bisweilen zu Verwirrung. Eine Frau, der Hestler so pragmatisch kommt, hält sein Singlegerede womöglich für einen Vorwand, für einen Trick, tastet nach ihrem Geldbeutel oder zieht reflexhaft ihre Handtasche näher an den Körper. »Was wollen Sie eigentlich?«, hat Robert Hestler, der nichts Verwerfliches an seinem Vorgehen findet, sondern sich im Gegenteil als ausgesprochen ehrlich, ehrlicher als das Gros seiner Geschlechtsgenossen empfindet, schon manches Mal gehört. »Na wat wohl«, sagt Robert Hestler dann, »ick schecke die Grunddaten ab.«

Hestler ist überzeugt, dass sich im Heuhaufen des weiblichen Geschlechts eine Stecknadel befindet, die er durch akribisches Durchforsten in die Finger kriegen kann. Und schon allein dieser Vision, dieser fast wissenschaftlichen Idee zuliebe strengt er sich als Mann so an. Denkbar ist natürlich, dass Frauen vor der etwas generalstabsmäßigen Art seiner Anstrengungen zurückweichen und, anstatt auf die Verführung einzugehen, den Verdacht hegen, einem kaschierten Eignungstest unterzogen zu werden – zu welchem Zweck auch immer. Wie Hestler sich benimmt, könnte er auch ein Versicherungsvertreter sein, dessen Arbeit das indiskrete Ausfragen fremder Menschen einschließt. Manche Chance hat er sich so wohl schon vermasselt.

Dabei dürfte es für einen wie Robert Hestler nicht so schwer sein, in der Liebe unterzukommen. Er geht auf die sechzig zu, die Zeichen des Alters machen sich indes nur dezent bemerkbar und sind im Übrigen gut verteilt. Robert Hestler ist drahtig, an Armen und Beinen sogar ausgesprochen muskulös, die Wirkung der straffen Statur macht die der Halbglatze wett. Er ist auf den ersten Blick ein durchschnittlicher Typus, auf den zweiten ist zu sehen, dass in Robert Hestler ein Charakter von gehörigem Eigensinn steckt. Ein Mann mit Kontur. Er trägt am liebsten kurze Hosen, weil er sich darin wohlfühlt, er fährt am liebsten Cabrios der Marke Mercedes, weil er deren Größe und klassischen Standard schätzt, aber er macht sich keine Sorgen, wie das Bild eines Mannes, der auch im Spätherbst in kurzen Hosen und mit einer Lederkappe auf dem Kopf in einem offenen Mercedes herumfährt und seinen Schäferhund auf dem Beifahrersitz hocken lässt, womöglich von Betrachtern interpretiert wird. Die Frau, die er sucht, müsste wohl mit ein bisschen Humor ausgestattet, sie müsste einfach großzügig genug sein, über gewisse Marotten hinwegzusehen, die langes Alleinwirtschaften nun mal mit sich bringt.

Denn Hestler gehört zu jenen Einzelmenschen, die sich die Gespenster der Leere, der Vergeblichkeit und Einsamkeit, die sie hinter der Wohnungstür anfallen, mit penibler, gleichsam protokollarischer Regelung ihres Alltagsuniversums vom Leib halten. Sie bewegen sich, wenn schon nicht an der Hand einer lieben Person, so doch begleitet vom Plan ihrer eigenen Handlungen. Da es sonst niemand tut, schaut Robert Hestler sich eben selbst dabei zu, wie er vom Fitness-Club nach Hause kommt, seinen Kram auspackt, die feuchte Badehose aus dem Handtuch auswickelt, sie im Wohnzimmer über eine Stuhllehne legt und den Stuhl zu den Blattpflanzen rückt, die so von der verbreiteten Luftfeuchtigkeit profitieren. Diese Gewohnheit verschränkt Hestler mit einer zweiten: dem Abhören des Anrufbeantworters, der sich ebenfalls im Wohnzimmer befindet. Dann geht er in die Küche, schaltet den Herd an, setzt einen Topf mit Spaghettiwasser auf und nutzt die Zeit, bis dieses kocht, um im Badezimmer die nassen Badelatschen hochkant auf den Wannenrand zu stellen, damit die Nässe nach unten abtropft. Nein, äußeren Stress hat Hestler kein bisschen, Zeit mehr als genug. Er handelt so, weil sich aus dieser funktionalen Dichte seiner Erledigungen das Gefühl sinnvollen Zusammenhangs ergibt. Das Gefühl der Einbettung des Lebens in Betrieb und Fülle. Wenn morgens der Kaffee in der Kaffeemaschine durchläuft, steht Hestler nicht gähnend und untätig wartend in der Küche herum. Er verwendet diese Minuten für Kniebeugen, zieht sie von der Zeitstrecke ab, die er seinem täglichen Gymnastikpensum widmet, und erfreut sich an der Effizienz. Beim Frühstück studiert er das Fernsehprogramm, das ihn am Abend erwartet. Um die Uhrzeiten macht er Kringel, unter die Titel der Filme und Sendungen, die ihn interessieren, zieht er gerade Linien, außerdem benutzt er zwei Stifte mit verschiedenen Farben, rot für die A-Kategorie, grün für die B-Kategorie. A heißt: auf keinen Fall verpassen, B heißt: wäre nett, muss aber nicht sein.

Auch die Frauensuche betreibt Robert Hestler systematisch und durchdacht. Auf seine Zeitungsannoncen hin, deren geradliniger Text »Suche nette normale Frau, im Bett aufgeschlossen« das weibliche Geschlecht vehement anspricht, erhält er jede Woche mindestens zehn Antwortbriefe. Hestler sortiert diese Post nach ausgetüftelten Kriterien. Er wägt Plus- und Minuspunkte ab. Tolle Figur mit jugendlichem Zustand der weiblichen Formen wäre selbstverständlich ein herausragendes Plus. Große Entfernung zwischen den Städten dagegen ein eindeutiges Minus. Folglich müsste die Frau, für die sich die Fahrerei eines Wochenendverhältnisses rentiert, schon optimal gebaut sein. Natürlich hat er ein Bild, wie das ideale Wesen beschaffen wäre. Natürlich weiß er, dass die Realität Abstriche vom Ideal erfordert, dass er Kompromisse eingehen muss. Aber welche und wie gegeneinander abgewogen? Berufstätig müsste die Frau nicht sein, für Geld ist von seiner Seite aus gesorgt. Dennoch würde der Beruf, auch wenn er stillgelegt wäre, eine Rolle für die Gesamteinschätzung spielen, da er doch viel über Bildung, Persönlichkeit und charakterliche Tendenz aussagt. Gegen eine

Friseuse hätte Robert Hestler ganz einfach Ressentiments, gegen eine Lehrerin aber auch, denn dass eine solche am freien erotischen Ausleben Vergnügen fände und auch mal Tangas trüge, kann er sich nicht recht vorstellen. Dürfte die Frau Kinder mitbringen? Hestler hat keine. Mit Kleinkindgeschrei möchte er sich nicht abgeben, mit finanziell fordernden Jugendlichen ebenso wenig. Folglich wäre eventueller Anhang am ehesten im dazwischenliegenden Grundschulalter akzeptabel.

Einmal im Monat besucht Robert Hestler öffentliche Single-Partys. Über tausend Leute kommen zu diesen Veranstaltungen und begeben sich auf Partnersuche. Manche denken dabei nur an die kommende Nacht, andere ans ganze Leben. Hestler ist da nicht festgelegt. Wichtig ist ihm vor allem, seinen Plan nicht aus den Augen zu verlieren und jede Frau, die hierherkommt und sich von Blicken prüfen lässt, auch geprüft zu haben. Er schwimmt buchstäblich gegen den Strom. Hestler weiß aus Erfahrung, dass die meisten Singles erst ein, zwei Stunden nach Partybeginn erscheinen, um in der Masse verschwinden zu können und sich die Peinlichkeit zu ersparen, allein an einer leeren Bar herumzustehen. Er, Robert Hestler, hingegen ist schon eine halbe Stunde vorher da. Er postiert sich am Eingang, inspiziert in aller Ruhe jeden Neuankömmling und geht, wenn eine Frau ihm gefällt, schnurstracks auf sie zu. Wäre sie nicht auf Männersuche, wäre sie ja wohl nicht da. Wozu also überflüssige Manöver mit Zublinzeln, Zuwinken mit albern wackelnden Fingern, kokettem Wegschauen und Wiederhinschaun? Hestler ist Realist, dabei kein Rauhbein, er bedenkt durchaus Formfragen seines Benehmens. Er will nicht überfallartig wirken, nur deutlich machen, dass er auf Verzettelung seiner Zeit und seiner Energie verzichten kann. Für sich möchte er primitives Anbaggern vermeiden und für die Frau, dass sie sich an die Wand gedrückt fühlt. Nie würde er beispielsweise im Freibad eine Frau ansprechen, die nichts weiter als ein Bikinihöschen anhat und obenherum nackt auf der Wiese liegt. Dann wartet Hestler eben, bis sie mit Sonnenbaden fertig und bekleidet ist, und passt sie auf dem Weg zum Ausgang ab.

In solchen Situationen kommt es indes vor, dass Robert Hestler das eigentliche Ziel der Frauensuche ein wenig aus den Augen verliert. Dass vom Streben, die Passende zu finden, nur noch die Mechanik der Suche übrigbleibt und Hestler das zufriedene Gefühl, etwas erreicht zu haben, auch dann erlebt, wenn eine Frau in der Schlange vor der Kinokasse noch nicht einmal ihren Namen sagen wollte oder sich in der Fußgängerzone von seinem bellenden Schäferhund abschrecken ließ. Immerhin, kann Robert Hestler sich dann sagen, hat er sein Möglichstes gegeben.

Im Grunde packt er das Frauenproblem wie ein Arbeitsproblem an. Ein wenig paradox ist dies schon deshalb, da Hestler sich in der glücklichen Lage befindet, nicht mehr arbeiten zu müssen. Er lebt von seinem Kapital, verbringt seine Tage mit Sport, mit Schwimmen, Tennis, Squash, Fernsehen und mit Verabredungen innerhalb eines Kreises von Bekannten, die, wie er selbst, gebettet auf einem hübschen Vermögen und umfächelt von dessen Zinsen, ein geruhsames, gedämpftes Leben führen. Wenn Robert Hestler heute dazu Lust verspürte, könnte er morgen in die Karibik fliegen, aber er tut es nicht. Er hat das Geldausgeben nicht gelernt, er achtet im Café auf den Preisunterschied zwischen einer Cola und einer Cola light und bestellt das billigere Getränk. Er hat auch keine Haushälterin, die die Säuberung des Hundefressnapfs für ihn erledigte, seine Pflanzen und seine nasse Badehose versorgte. Er leistet sich seinen Mercedes, die Mitgliedschaft in zwei teuren Sportclubs, sonst aber nichts, was ihn vom Leben eines Mannes in durchschnittlichen Verhältnissen unterschiede. Er kam auch nicht auf die Idee, eine Partner-Agentur zu beauftragen, ihm für ein paar tausend Euro eine normale, nette, im Bett aufgeschlossene Frau zu suchen. Hestler bevorzugt, beruflich und privat, den Alleingang.

Als junger Mann studierte er vorübergehend Germanistik, allerdings ohne besondere Begeisterung oder Überzeugung. Im Grunde wählte er das Fach nur, um seinem Vater, der ihn zur Zahnmedizin drängte, möglichst früh die Hoffnung zu nehmen, er werde je das väterliche Berufserbe antreten und die Praxis übernehmen, die sich im Erdgeschoss des Hauses befand, in dem Hestler aufwuchs. Er ekelte sich schon als Kind bei der Vorstellung, später einmal in aufgerissene Patientenmünder und üble Atemausströmungen hineinhantieren zu sollen. Bis in sein Zimmer im zweiten Stockwerk fühlte er sich von den Geräuschen der Praxis verfolgt. Nach ein paar Semestern Germanistik wechselte er zum Studium der Betriebswirtschaftslehre. Sein Interesse für dieses Fach war so mager wie für jedes andere, aber für die Betriebswirtschaft sprach zumindest die realistische Aussicht auf eine Position in der Arbeitswelt.

In Wahrheit mangelt es Robert Hestler seit je an ausgeprägten Neigungen, an starken Interessen und Liebhabereien. Ein Wesenszug, den die Willensstärke seines Charakters eigentlich nicht erwarten lässt. Aber es ist so: Nichts erregte je Hestlers vollen Enthusiasmus. Die Energie, die er darauf verwendete, sich den Erwartungen seiner Familie zu widersetzen, hat offenbar auch jenes Potential aufgebracht, aus dem Passionen entstehen. Zwar verfolgt er Samstag für Samstag sämtliche Fußballspiele der Bundesliga, aber weder ist er mit Herz und Seele Anhänger einer bestimmten Mannschaft, noch kam er je auf die Idee, ein Spiel real mitzuerleben, in einem Stadion mitzufiebern, sich im Gebrüll der Menge zu verlieren. Was Hestler am Fußball reizt, sind weniger die Spiele selbst als die Buchhaltung ihrer Ergebnisse in den wöchentlichen Saisontabellen. Ob Jürgen Klinsmann als Trainer zum FC Bayern kommt, ob Hansa Rostock kurz vor der Pleite steht, ob Borussia Dortmund in der Lage ist, beim Spiel gegen Hertha BSC den Heimvorteil zu nutzen, berührt Robert Hestler wenig. Er betrachtet das Schauspiel der Bundesliga als abstrakte Angelegenheit und bleibt auf seiner Couch auch dann kühl, wenn ein Stürmer ein sogenanntes Traumtor schießt. Geschossene Tore interessieren ihn vorrangig als Ereignisse, durch die sich Verschiebungen in der Hierarchie der Tabellen ergeben.

Was Robert Hestler wirklich liegt, ist das Verwalten. Und eben daraus ergab sich schließlich sein Beruf. Nach ein paar verbummelten Jahren, die dem Studium folgten, wurde er Angestellter und bald darauf Teilhaber einer Firma, die im Auftrag von Hausbesitzern deren Immobilien verwaltete, zugleich Wohnungen und Häuser ankaufte, renovierte und weiterverkaufte. Hestlers eigenbrötlerische Pfiffigkeit kam auf diesem Gebiet zur Entfaltung und zu großem geschäftlichem Erfolg. Bevor andere wussten, welche Stadtgebiete in Berlin sich nach der Wiedervereinigung auf der Konjunkturkurve nach oben oder nach unten bewegten, ahnte er dies voraus. Als die Immobilien am Kurfürstendamm in der neuen Konkurrenz mit der Friedrichstraße und der frühlingshaft erblühenden Stadtmitte Anfang der neunziger Jahre vorübergehend billig wurden, schlug Hestler zu und kaufte sich westlich der Gedächtniskirche ein. Ein paar Jahre später brachte er seinen Besitz mit erheblichen Gewinnen wieder auf den Markt. Er wurde wohlhabend, machte sich schließlich selbständig, trennte sich nach fünfzehn Jahren beruflicher und privater Liaison von der Chefin der Immobilienfirma und ist seitdem ein in jeder Hinsicht unabhängiger Mann.

Soviel Zeit und Kraft er in die Suche nach einer neuen Partnerin auch investiert, eines behagt ihm am Junggesellendasein zutiefst und wird ihm allmorgendlich, schon beim ersten Augenaufschlag als Vorteil bewusst: nicht mit einer Frau im Bett frühstücken zu müssen. Nichts ist Hestler am weiblichen Gemüt so unangenehm, ja zuwider, nichts seiner Erfahrung nach allerdings auch so typisch für das Frauengeschlecht, typischer noch als sinnloses Zusammenkaufen von Schuhen, wie der Wunsch, sich mit einem Bettfrühstück verwöhnen und verhätscheln zu lassen. Als kämen Frauen mit einem Gen auf die Welt, das sie zwingt, in der Umfunktionierung von Betten zu Küchentischen die Erfüllung ihrer Sehnsüchte zu sehen. Auch die Firmenchefin hatte ihn mit diesem Tick, den Hestler für so infantil wie kitschig hält, Wochenende für Wochenende behelligt. Es war sogar, von Hestlers Seite aus, ein Trennungsgrund. Robert Hestler verabscheut die gesamte Szenerie, das akrobatische Herumschaukeln von Wurst, Brötchen, Butter und Fünf-Minuten-Eiern, das Herumbalancieren überschwappender Kaffeetassen über Kissen und Deckbett. Am meisten aber verabscheut er die Spuren, die der im Bett vollzogene Verzehr von Lebensmitteln hinterlässt: die Brotkrümel. Noch Tage später sind sie da, in der Bettwäsche verteilt wie am Fell ihrer Wirtstiere klebende Parasitenwinzlinge, durch Wischen, Fegen, Schütteln nie restlos zu beseitigen. Ein einziger Krümel genügt, um eine Nacht zur Hölle zu machen, und es geht Robert Hestler nicht in den Kopf, dass die angebliche Romantik einer Bettmahlzeit den Ärger mit ihrer Hinterlassenschaft rechtfertigen soll. Wer mit einer Frau im Bett frühstückt, kann sofort danach die Bettwäsche komplett abziehen und in die Waschmaschine stecken. Bei jeder

Frau, die Hestler ins Visier nimmt, lenkt er seine Phantasie sofort auf ihre Frühstücksgewohnheiten, oder er fragt einfach danach. Frauen, die in der Öffentlichkeit den Lippenstift nachziehen, gehören, glaubt Hestler zu wissen, mit großer Wahrscheinlichkeit zur großen Gruppe jener Frauen, deren Liebster morgens mit einem Tablett voll Köstlichkeiten am Bett stehen soll. Im Idealfall befindet sich auf dem Tablett noch ein Väslein mit einer Rose darin. Oder ein Fläschchen Champagner. Alles nichts für Hestler. Lieber bleibt er bis an sein Lebensende allein.

»Nu kriejense ma keen Schreck, junge Frau. Mein Name is Hestler. Ick wollte nur ma nach der Dame kieken, die sich hinter der Adresse hier versteckt.« So stellte sich an einem Sonntagnachmittag Robert Hestler an der Wohnungstür von Katharina Schacht vor. Sie war gerade beim Bügeln, schaute nebenbei Fernsehen und war erstaunt, dass es klingelte, denn sie erwartete niemand, schon gar nicht an einem Sonntagnachmittag, wenn Familien unter sich sind. Als sie die Tür öffnete, sah sie einen unbekannten mittelgroßen Mann in kurzen Hosen und einen Schäferhund. Wäre der Hund, den Hestler nur selten anleint, nicht einfach schnüffelnd in die Wohnung hineingelaufen, wäre Hestler aus dem Impuls heraus, der Bewohnerin die Furcht vor dem Hund zu nehmen, nicht automatisch hinterhergegangen. Und hätte er sich, da er nun schon mal in den Räumen war, nicht so ausgesprochen interessiert nach dem Mobiliar umgesehen, wäre es vermutlich nie zu einer gerichtlichen Anklage wegen Hausfriedensbruch und Nötigung gekommen. Robert Hestler pfiff nach seinem Hund und wollte eigentlich sofort wieder gehen. Eine Frau, die Sammeltassen hinter Glas aufstellt, war für ihn nichts. Das bilanzierte er mit einem Blick. Von nah sah Katharina Schacht auch älter aus. Er hatte sie am Freitagmorgen entdeckt. Ihr Golf stand neben seinem Mercedes an der roten Ampel. Er hatte sie vorfahren lassen, hatte sich schnell das Kennzeichen aufgeschrieben und mit viel romanhaftem Gerede bei den Behörden ihren Namen herausgebracht. Sonntagnachmittag schien ihm ein guter Zeitpunkt für einen Überraschungsbesuch. Als Katharina Schacht bewusst wurde, dass ein Fremder mit einem Schäferhund in ihre Wohnung eingedrungen war und ihren Besitz begutachtete, ging sie couragiert zum Telefon und wählte 110, die Notrufnummer der Polizei. Sie kam nach fünf Minuten. Hestler wurde angezeigt.

Vor Gericht kann er den missverständlichen Vorfall ganz einfach erklären. Dem Richter fällt es dennoch schwer, ihm zu glauben. Da Hestler de facto aber kaum etwas vorzuwerfen ist, sein Verhalten zwar als skurril, vielleicht auch als geschmacklos zu werten ist, aber die Bedingungen des Gesetzwidrigen nur hauchdünn erfüllt, wird er freigesprochen.

FRIEDLICHE FINGER

Nicht seine wirtschaftlich erfolgreichste, aber seine glücklichste Zeit als Geschäftsmann hatte Bojan Němec vor zehn Jahren. Vielleicht auch vor zwölf oder vor neun Jahren. Auf alle Fälle vor dem Einbruch der Konkurrenz in seine Welt, vor der Ausbreitung jener banalen, bordellhaft beleuchteten, meist von Russinnen betriebenen Nagel-Studios, Nail-Shops, Maniküre-Center und wie sie alle heißen. Diese Miniläden, die sich als Minilaufstege für gespreiztes Stöckeln darbieten, nahmen Bojan Němec nicht die Kundschaft weg, aber sie beleidigten seine Berufsehre. Sie schienen, so empfand er es zumindest, seinen handwerklichen Idealismus zu verhöhnen, als handele es sich dabei um eine liebenswerte, aber leider museale Schrulligkeit. Es ging Bojan Němec wie einem Geigenbauer alter Schule, in dessen Nachbarschaft eine Fabrik entsteht, die maschinell gefertigte Instrumente vom Band laufen lässt.

Bojan Němec stammt aus Prag. Er hatte mehrere Jahre in einer nahe der Moldau gelegenen Badeanstalt als Masseur gearbeitet, als er 1987 über die Grenze nach Österreich floh und schließlich, nach ein paar in Linz verbrachten Monaten, in München ankam. Er war froh, sich wieder in einer Großstadt zu befinden, nun in einer westlichen, wovon er immer geträumt hatte. Er wollte sich auch beruflich verändern, er dachte an eine Tätigkeit, die der Erfahrung seiner früheren nahekam, aber seiner Begabung für den Umgang mit menschlichen Körpern, ihren Bedürfnissen, Nöten,

Schwachstellen mehr abforderte. Der Plan, Physiotherapeut zu werden, zerschlug sich. Es fehlten Bojan Němec die nötigen Schulzeugnisse.

Um Geld zu verdienen, arbeitete er eine Weile als Privatmasseur in den Häusern von Menschen, die, wie er feststellte, weniger an Muskelverspannungen denn an Einsamkeit litten und sich einmal pro Woche den Luxus eines stummen Zuhörers leisteten. Dafür war Bojan Němec nicht durch den Eisernen Vorhang gegangen. Er wusste immer weniger, was er eigentlich suchte und tun sollte. Schließlich begann er ein Praktikum in einem großen Theater, wo er, vom Chefmaskenbildner abgesehen, der einzige Mann unter fast zwei Dutzend Frauen war. Aber auch da behagte ihm das Drumherum nicht, das pausenlose überdrehte Gerede über erstklassige und zweitklassige Regisseure, über Spitzen- und Nebenrollen, über Neurosen und Inszenierungen. Er brach die Lehre ab und kam schließlich in einem Kosmetikinstitut unter, das seine Kenntnisse als ausreichend für die Pflege und Verschönerung der wenigen männlichen Kunden erachtete. Bojan Němec zupfte wuchernde Augenbrauen älterer Herren, befreite Nasen- und Ohrenlöcher von unansehnlichen Härchen, massierte Gesichter, Nacken und Schultern.

Er widmete sich, mit einem Interesse, das ihn selbst überraschte, immer stärker der Maniküre und stellte fest, dass genau hier die sinnvolle Aufgabe lag, auf die er gewartet hatte und sie womöglich auch auf ihn. Er begriff, dass er Menschen helfen konnte, wenn er ihren Händen half, und wie viel es da zu tun gab, wurde Bojan Němec umso bewusster, je intensiver er sein Augenmerk nun auf Fingernägel richtete, vor allem auf die Nagelbetten darum herum. Er sah Schlachtfelder bei jedem zweiten, ob bei Männern oder bei Frauen, deren Maniküre er in dem Kosmetikinstitut im Lauf der Zeit ebenfalls übernahm. Er sah das Ergebnis wahrer Selbstzerfleischungen; eingerissene, entzündete, zerfetzte Nagelbetthaut, entstanden aus nervöser Aggressivität, die sich gegen diese so überaus empfindliche Hautpartie richtete. Er beobachtete, wie sich Menschen zu Feinden ihrer selbst machen. Wie sie mit Schneidezähnen über Nägel und Nagelhaut herfallen, knabbern, zerren, beißen. Oder sich mit kleinen Scheren bewaffnen und so tief wie möglich in die Haut rund um die Nägel schneiden. Nässende Stellen, offene Wunden bleiben zurück. Sind sie langsam verheilt, geht das Unheil von vorn los. Denn die abgeschnittene Haut beginnt zu wuchern, daraufhin zu verhornen. Sie wird fransig. Die abstehenden Hautpartikelchen, die nun entstehen, provozieren die nächsten Beiß- und Schneideattacken. Wieder kommt es zum Einsatz von Zähnen und schädlichen Instrumenten.

Bojan Němec begann sich mit dem Marktsortiment flüssiger Nagelhautentferner zu beschäftigen. Aber sie gefielen ihm nicht. Entweder ätzten sie die Haut mit starker Chemie einfach weg, oder sie klebten lediglich auf der Haut und wirkten überhaupt nicht. Keines der Mittel entsprach der Idee einer schonenden, heilenden, gleichsam friedlichen Maniküre, die Bojan Němec vorschwebte und deren Verwirklichung zu seiner persönlichen Passion wurde. Er betrachtete sich von nun an als Pionier, als Erfinder eines optimalen Nagelhautentferners. Und sein Lebensglück wollte, dass er mit diesem Vorhaben nicht allein blieb, sondern es mit einem Lebensgefährten teilen durfte.

Bojan Němec lernte ihn, einen Deutschen, der bei ihrer Begegnung noch in Leipzig lebte, an einem Sonntagnachmittag im Frühling 1990 kennen. Sie standen nebeneinander vor dem Schaufenster eines Immobilienmaklers und kamen ins Gespräch, was sich aus der Verwunderung über die horrenden Münchner Mietpreise so leicht ergab wie die daraus entwickelte Konversation über ihre persönlichen Wohn- und Lebensverhältnisse. Auf Anhieb mochte Bojan Němec die unaufdringliche Gepflegtheit von Bruno Herbst, er mochte seine geschmeidige Höflichkeit und seine so reservierte wie unverklemmte Art zu flirten. Aber das Gefühl, in diesem Mann das Echo seiner selbst gefunden zu haben, durchströmte ihn erst, als er ihm eine halbe Stunde später im Café gegenübersaß, Bruno Herbst in der Getränkekarte blätterte und sich seine Hände der unauffälligen Betrachtung darboten. Der Anblick dieser Hände beglückte Bojan Němec, er sah Vollendung. Die Nagelkuppen zu Halbmonden gefeilt, in perfekter Symmetrie zur Rundung der Fingerkuppen, die Nagelbetten tadellos, ohne die Anmutung des affig Übermanikürten, die sich bei Männerhänden leicht einstellen kann. Bojan Němec verliebte sich beim ersten Rendezvous in den Deutschen, der, dies war die nächste Glücksüberraschung, als Chemielaborant arbeitete und eigentlich hoffte, dies auch künftig in seiner Heimatstadt tun zu können.

Es kam anders. Denn Bojan Němec riss Bruno Herbst aus dem Stand heraus mit. Als der Kaffee vor ihnen stand, erzählte er von seinem Projekt, der Erfindung eines Nagelhautentferners. Es wurde binnen zweier Stunden ein Paarprojekt, das durchgreifende Lebenskonsequenzen mit sich brachte. Drei Monate später zog Bruno Herbst zu Bojan Němec nach München, im Stadtteil Giesing fanden sie eine erschwingliche Dachwohnung, in der sie sogleich ein Labor einrichteten. Sie zerlegten die existenten Nagelhautentferner in ihre chemischen Bestandteile, arbeiteten deren Schwächen heraus, experimentierten, mischten und dosierten verschiedene Ingredienzen neu und brachten nach einer zwei Jahre währenden Forschungsphase ein Mittel auf die Welt, das ihren Idealen standhielt. Bojan Němec arbeitete, um das gemeinsame Leben und Forschen zu finanzieren, weiterhin im Kosmetikinstitut, Bruno Herbst fand eine Stelle in einer Münchner Klinik.

Sie suchten lange nach einem Namen für das neue Produkt. Er sollte einprägsam und melodisch, sinnbildlich und zugleich ein wenig geheimnisvoll sein, nicht zu medizinisch, sondern sanft klingen, etwas Universales ausdrücken und entfernt an einen Personennamen erinnern. Sie einigten sich schließlich auf »Veronia«.

Bojan Němec kündigte im Kosmetikinstitut und eröffnete im größten Kaufhaus von München an der Neuhauser Straße einen kleinen Propagandastand, wo er »Veronia« auf eigene Rechnung verkaufte. Sein Erfolg bei den Kunden war vom ersten Tag an enorm. Er verdankte sich nicht nur der Qualität der Ware, sondern mehr noch der an diesem Ort recht ungewöhnlichen, halb priesterlichen, halb krankenpflegerischen Erscheinung von Bojan Němec und seinem ganzen Auftreten. Bojan Němec trug weiße Gesundheitssandalen, eine weiße Leinenhose und darüber einen fast bis zum Knie reichenden weißen Leinenkittel mit enggeknöpftem Stehkragen. Sein Stand befand sich am Rand der Kosmetikabteilung und unterschied sich von deren geballtem Glamour wie eine schlichte Seitenkapelle von einer Kathedrale, aus der eingeschüchterte Besucher in die heimelige Nische flüchten. Viele Kunden blieben einfach aus Neugier bei Bojan Němec stehen. Kommerzielle Attacken waren bei ihm sowenig zu befürchten wie das lärmende, für Propagandisten sonst so typische Anpreisen. Im Gegenteil, Bojan Němec verhielt sich ausgesprochen dezent, wenn er hinter seinem Stand hervortrat und Vorbeigehende ansprach. Er hatte lange überlegt, welcher Satz für diesen Urmoment des Kontakts der richtige sein könnte.

Der Satz, den Bojan Němec schließlich verwendete, lautete: »Die Hände bitte.« Das klang nicht penetrant, nicht überfallartig, aber es rief auf Anhieb Staunen hervor. Aus den drei schlichten Worten ergaben sich mindestens so viele Fragen. Ging es um Hände im Allgemeinen? Und warum? Sollten Hände gedrückt werden? Aber wieso hier im Kaufhaus? Das fragte sich jeder und hielt Bojan Němec automatisch die Hände hin. Er hatte auch die Wirkung seines tschechischen Akzents bedacht. Die Melodie, die der Satz in seinem Mund annahm, konnte Kunden diffus an den Klang der habsburgischen Sprachwelt erinnern, unbewusst vielleicht sogar an die galante Formel »Küss die Hand, gnä Frau«. Abgerundet zur Szene stilvoller Ergebenheit wurde der Satz durch die kleine Verbeugung, die Bojan Němec ausführte, wenn er sich seinem Aufgabenfeld, den hingestreckten Händen, näherte. Dann sah er, was Haut und Nägel in der Vergangenheit erlebt und erlitten hatten, was es zu reparieren gab. Und bevor er den möglichen Erwerb von »Veronia« zur Sprache brachte, die Aufmerksamkeit auf die weißen, in akkuraten Reihen auf dem Tresen seines Standes aufgebauten Fläschchen lenkte, studierte er ruhig und geduldig all die Spuren, die von den Sünden missratener Maniküre zeugten. Bojan Němec sprach leise mit den Kunden, fast flüsternd. Dieser Flüsterton schirmte das Zwiegespräch gegen die Außenwelt ab, als vollzöge es sich tatsächlich im Beichtstuhl seitlich eines Kirchenschiffs. Bojan Němec kam, wenn er sich über fremde Hände beugte, um bestimmte intime Fragen nicht herum. Fragen, die das Verhältnis der Menschen zu ihrer sensiblen Nagelhaut betrafen, woraus sich, ausgesprochen oder unausgesprochen, noch ganz andere Fragen ergaben: das Verhältnis zum Körper, zur Sensibilität ganz allgemein, zur mangelnden Selbstliebe, zur Lebensweise. Aber er wahrte, den Blick zu den Händen gesenkt, eher sie als den Besitzer anflüsternd, eine bestimmte anonyme Distanz.

So, genau so, stellte sich Bojan Němec die seriöse Ausübung seines Berufs vor. Das Aufkleben künstlicher Krallen in Bonbonfarben, das rüde Abschmirgeln von Haut und Horn, diese amateurhaften Methoden, die er in den neuen, sich an allen Ecken der Innenstadt wie eine Seuche ausbreitenden Nail-Shops beobachtete, hatten nach seiner Ansicht mit ernsthafter Maniküre nicht das Geringste zu tun. Voller Verachtung ging er an den miesen Geschäftchen und den aufgemotzten Angeberschlitten vorbei, die davor parkten. Mit keinem Blick würdigte er das grässliche Zeug, das in den Schaufenstern lag. Es reichte ihm, an seinem Stand bisweilen an Hände zu geraten, deren in einem dieser Russenshops vorgenommene Verschandelung zu einer Art Fingerdisneyland seinen Augen Qualen bereitete.

Bojan Němec und Bruno Herbst verlegten sich, nachdem der Nagelhautentferner ausgereift war, auf die Entwicklung eines gleichermaßen perfekten Manikürbestecks. Weder aus Metall gefertigte Instrumente noch solche aus Rosenholz, die es im Handel gab, erschienen ihnen akzeptabel. Metall war zu scharf, Rosenholz anfällig für Durchfeuchtung, es weichte mit der Zeit auf. Sie versuchten es mit Kunststoff, und nachdem Bojan Němec herausgefunden hatte, dass die Kunststoffverarbeitung in Asien ein besonders hohes Niveau besitzt, die entsprechenden Exportartikel außerdem billiger sind als in Deutschland, nahm er Kontakt mit taiwanesischen Herstellern auf. Er befasste sich mit fernöstlichen Geschäftsgepflogenheiten, brachte sich sogar mit Hilfe von Sprachkassetten Grundlagen der chinesischen Sprache bei. Für Bruno Herbst ging das zu weit. Nach Mitternacht von der akustischen Mühle chinesischer Begrüßungs- und Abschiedsformeln belästigt zu werden kam für ihn nicht in Frage. Er empfand Bojan Němecs Leidenschaft für »Veronia« zunehmend als Verranntheit, die über die geniale Geschäftsidee hinaus- und in missionarischen Wahn überging. Es kam zu Streitereien, zu einer vorübergehenden Trennung. Gegen den Vorwurf, sein Leben bestünde aus nichts als Nagelhaut, Nagelhautentferner und Nagelhautbearbeitung, hatte Bojan Němec kein Argument. Denn im Grunde war es so. Als eines Tages ein großes Paket geliefert wurde, das Maniküreстäbchen aus hauchdünnem Kunststoff enthielt, nahm Bojan Němec es allein entgegen. Der Lebensgefährte hatte sich für einen Monat in der Wohnung einer Arbeitskollegin aus der Klinik einquartiert.

Mit gedämpfter Freude sortierte Bojan Němec am Tag darauf das Sortiment seines Standes neu, um Platz zu schaffen für die Stäbchen. In der Mittagspause versuchte er, Bruno Herbst in der Klinik anzurufen, erreichte ihn aber nicht. Am Abend zögerte er die Ankunft in der leeren Wohnung hinaus, bummelte durch Einkaufsstraßen, beschloss, zu Fuß nach Schwabing zu gehen und in einem Lokal zu Abend zu essen. Auf dem Weg dorthin blieb er zum ersten Mal vor einem einschlägigen Nail-Shop stehen. Nur das Schaufenster war noch beleuchtet, in dem Laden niemand zu sehen. Bojan Němec öffnete seine Tasche, nahm eine große Schere heraus, die sich vom Aufschneiden des Chinapakets noch darin befand, und schrammte mit der Scherenspitze quer über die Schaufensterscheibe. Die Ladenbesitzerin beobachtete den Anschlag aus einem hinteren Geschäftsraum und alarmierte die Polizei.

Vor Gericht sind die Umstände des Delikts schnell geklärt. Dennoch zieht sich die Verhandlung über einen ganzen Vormittag hin, da der Angeklagte nur schwer in der euphorischen Darlegung seines Berufswissens vor Publikum zu bremsen ist. Am liebsten würde er, so wirkt es, nach vorne springen, die Hände der Richter und Schöffen ergreifen und als anschauliches Beispiel in seinen Vortrag einbeziehen. Er wird wegen Sachbeschädigung zu einer Geldstrafe verurteilt. Bruno Herbst war, keine vierundzwanzig Stunden nachdem Bojan Němec vor dem Nail-Shop die Kontrolle verloren hatte, in die gemeinsame Wohnung zurückgekehrt.

IM DIENST DER SICHERHEIT

Werner Rembaus sah den Mann, der beim Hereinkommen die Ladentür seitlich mit dem Oberkörper aufdrückte, und erkannte schon an dieser wichtigtuerischen Einbrecherbewegung, mit wem er es zu tun hatte. Alles passte zusammen: die bullige Statur, das aufgetriebene, dabei kalte Gesicht, das bis zum Bauchnabel offene Hemd unter der schwarzen Lederjacke, das goldene Geklimper um den Hals. Das war er, der einschlägige Russentypus, den es im Auge zu behalten galt, bis er wieder draußen war.

Werner Rembaus schlenderte an den Waschmitteln und Weichspülern entlang, bog am Ende des Ganges um die Ecke und legte im Parallelgang die gleiche Strecke zurück, vorbei an Seifen, Haarwaschmitteln, Toilettenpapier, Tampons. Auf diese Weise hielt er sich acht Stunden am Tag im Drogeriemarkt auf, verhielt sich so unauffällig wie möglich, nahm die Rolle eines Kunden an, der seinen Einkauf nicht geplant und Zeit genug hat, an den Waren vorbeizuflanieren, um sich spontan für dies oder jenes zu entscheiden. Vielleicht ein Rasierwasser in der einen, dann eine Schachtel »Mon Chéri« in der entgegengesetzten Ladenecke. Dazwischen ein Aufenthalt bei dem Ständer mit den CDs. Werner Rembaus kannte die Namen der Volksmusikgruppen und die blassen Landschaftsaquarelle auf den Covern der Meditationsmusik in- und auswendig und nahm sie alle dreißig Minuten in die Hand, als sähe er die CDs zum ersten Mal. Es war ein Programm aus Reflexen, das die Gedanken nicht beansprucht, es war wie Schwimmen oder Autofahren, wenn man es erst einmal routiniert beherrscht. Beine, Füße, Arme, Hände erledigen ihre Arbeit wie von allein, die Blicke schauen darüber hinweg, durch die Windschutzscheibe auf die Straße, bis zu ihrem tiefsten Punkt. Die Blicke von Werner Rembaus schlichen über die Regale hinweg zu den Kunden. Er schaute so knapp an ihnen vorbei, dass sie sich nicht beobachtet fühlten und er sie dennoch im Blickfeld hatte. Den Ladendiebstahl mit hoher Trefferquote im Voraus zu erkennen, gleichsam aus dem Wolkenbild eines Sonnenhimmels das kommende Gewitter herauszulesen, das war der Reiz, der subtilere Ehrgeiz der Tätigkeit von Werner Rembaus.

Er konnte wetten, dass es soweit war, wenn ein Kunde sich genauso verhielt wie er selbst: schlendern, da und dort stehenbleiben, den Blick ziellos, wie leicht verträumt schweifen lassen. Spannend wurde es, wenn er den Eindruck hatte, nicht nur er habe den zukünftigen Ladendieb entlarvt, sondern dieser durch das Spiegelbild seines Täuschungsmanövers auch ihn, den Ladendetektiv. Daraus ergab sich eine Art geistiges Duell. Die Herausforderung bestand nun darin, das durchschaute Ladendetektivverhalten auf möglichst natürliche Weise abzulegen. Er nahm dann irgendeinen Gegenstand und stellte sich in die Kassenschlange, oder er begann eine Unterhaltung mit einer Verkäuferin und drehte dem Dieb, um ihn in Sicherheit zu wiegen, den Rücken zu, kalkulierte aber gleichzeitig, ob er sich nah genug am Ausgang befand, um auch einen Sportlichen, der plötzlich aus dem Laden stürmt, noch abzupassen. Manche, die er erwischt hatte, waren durchgedreht, losgerast, hatten wie die Stiere, die in der Kampfsaison durch die Gassen von Pamplona getrieben werden, alles umgerannt, um auf die Straße zu entkommen.

Alex Smirno rannte nicht. Er setzte eine verächtliche Miene auf, schob einen Kaugummi zwischen den Backenzähnen hin und her und hielt den Mund dabei dermaßen weit offen, dass Werner Rembaus das Speichelschauspiel bis in den Rachen hinein verfolgen konnte. Alex Smirno gab sich phlegmatisch. Er verzögerte seine Reaktionen, als hätte er einen Mikrofonknopf im Ohr und wartete die Übersetzung eines Simultandolmetschers ab. Gönnerhaft räumte er diesem Möchtegernpolizisten, diesem Männlein, das sein Leben damit verbrachte, auf Enthaarungscremes und Multivitaminsäfte aufzupassen, die Chance ein, zu überlegen, ob er sich allen Ernstes mit einem zehn Zentimeter größeren und zwanzig Kilo schwereren Russen anzulegen gedenke.

Unterschätzt zu werden war Werner Rembaus vertraut. Als ehemaliger Stasi-Offizier entstammte er einer Geheimdienstschule, die auf der Methodik phantomhafter Anwesenheit beruhte. Auf dem unsichtbaren Einkreisen von Objekten. Dazusein, ohne bemerkt zu werden, darin hatte das Wesen seiner früheren Tätigkeit bestanden. Es war auch das Wesen seiner jetzigen. Genau genommen hatte sich am Charakter seiner Aufgabe nichts geändert, Werner Rembaus hatte im sozialistischen System als Techniker der eigenen Unauffälligkeit gearbeitet und verdiente als solcher nun sein Geld im kapitalistischen System. Es ließ sich in seiner Biografie durchaus ein roter Faden erkennen, der sich durch das Jahr 1989 schlängelte. Zumindest in guten Momenten gelang es Werner Rembaus, neben der Niederlage seiner Existenz auch ihre Kontinuität in Rechnung zu bringen und vor sich selbst die Kränkung des Abstiegs vom Offizier im Staatsdienst zum Statisten eines Drogeriemarkts ein wenig zu schmälern. Sah er in schlechten Momenten der Wahrheit ins Auge, verglich er sich mit einem Imbissbuden-Betreiber, dem von seiner

Vergangenheit als Chefkoch eines Fünf-Sterne-Restaurants nur das An- und Abschalten von Herdplatten geblieben war.

Seine Intelligenz hatte ihm verboten, sich nach der Wende überhaupt berufliche Hoffnungen zu machen oder sich gar, wie einige seiner alten Stasi-Kollegen, der Illusion hinzugeben, nach einer politischen Entlastungsfrist und einigen Umschulungen einen Posten im Innendienst irgendeiner Ermittlungsbehörde zu ergattern. Rembaus hatte sich Anfang der neunziger Jahre bei einem privaten Sicherheitsdienst beworben. Aber dem dort bevorzugten Boxertypus mit ausgestemmter Muskelmasse, schwerer Kinnlade und brutalisierter Erscheinung entsprach er schon optisch so wenig, wie ihn wiederum beim Vorstellungsgespräch das wichtigtuerische Firmenklima abstieß. In einem Fragebogen sollte er die Kampfsportarten ankreuzen, die er ausübte, und dazuschreiben, bis zu welchem Grad auf dem Weg zur Meisterschaft er es nach sportlicher Selbsteinschätzung in diesen Disziplinen gebracht hatte. Sport hatte in seiner Arbeit nie eine Rolle gespielt. Allenfalls jene Ausdauer, die eher psychisch als physisch beim nächtelangen Sitzen in einem Auto vor dem Haus eines Systemkritikers erforderlich war. In den Augen von Werner Rembaus herrschte in den Firmen, die sich den Begriff Sicherheitsdienst anmaßten, die Präpotenz von Laien, von Möchtegernagenten, die, auffallend wie ein Kirchturm, am Eingang von Kleiderboutiquen am Kurfürstendamm herumstanden und sich, nur weil sie einen Knopf im Ohr hatten, wie James Bond vorkamen. Und noch etwas anderes passte Werner Rembaus nicht: die Überzahl von Ausländern bei diesem Sicherheitsvölkchen, von Türken, Kurden, Russen, Polen, die nichts anderes suchten als eine Gelegenheit, autoritär aufzutreten, letzten Endes eine Gelegenheit zum Schlägern. Das war nicht seine Welt. Arbeit im Dienst der Sicherheit hieß, solang er denken konnte, unsichtbar und ungreifbar auf der Bildfläche zu agieren, nicht, sich klotzig ins Bild zu schieben. Versöhnter mit seiner Rolle als Ladendetektiv wäre Werner Rembaus gewesen, wenn sie ihm erlaubt hätte, sich aufs Beobachten zu beschränken, wenn ihm der letzte Akt, die Ergreifung, unter Umständen sogar Überwältigung des Diebes erspart geblieben wäre. Man müsste, dachte er oft, für die Observation und maschenfeste Sicherung eines solchen Ladens zu zweit sein. Einer erkennt den Dieb, zieht sich zurück, gibt dem anderen ein Zeichen, und der packt zu. Er wusste, dass Spektakel wie diese, in denen ein unverschämter Russe ihn vom Rest des Geschehens ablenkte, von einem anderen Ladendieb sofort ausgenutzt werden konnten.

Werner Rembaus wiederholte seinen Befehl mit gewollt betonender Lautstärke. Er sprach jetzt so laut, als hätte er es mit einem Schwerhörigen zu tun, drückte sich in Satzbrocken aus, wie es Einheimische bisweilen gegenüber Ausländern tun, von denen sie annehmen, deren Wortschatz sei auf drei Dutzend Alltagsfloskeln beschränkt. »Tüte! Aufmachen!«, rief Werner Rembaus. Dabei stieß er seinen Zeigefinger mit vor- und zurückfahrenden Bewegungen in Richtung der Plastiktüte, die an der Hand des Russen hing. Alex Smirno zog fragend die Augenbrauen hoch. Er wedelte ein wenig mit der Hand, ließ die Tüte kreisen, hob sie dann hoch, als hätte er den Ladendetektiv nicht richtig verstanden und wolle ihm das aufgedruckte Firmenlogo zeigen. Die Kassiererin und die Verkäuferin, die weiter hinten Waren sortierte, mischten sich in die Szene, die sich unmittelbar vor dem Ausgang des Drogeriemarkts abspielte, nicht ein. In der Kaffeepause amüsierten sie sich über erwachsene Menschen, die sich für einen Deoroller der Blamage aussetzten, von der Polizei abgeführt zu werden.

Smirno hatte es eigentlich eilig, tat aber so, als könne das Spielchen mit der Tüte von ihm aus noch Stunden weitergehen. Er hatte bis zum Morgen in der Diskothek eines Landsmannes gefeiert und getrunken, nur ein paar Stunden geschlafen und beim Aufwachen festgestellt, dass sein Geldbeutel leer war. Die beiden Frauen, die für ihn anschafften, eine klapprige Deutsche, die sich Karin nannte, und eine blutjunge Ukrainerin, saßen in seiner Wohnung und warteten auf Strumpfhosen. Bei jeder Schicht zerrissen die Strumpfhosen. Smirno kaufte nur noch die billigsten oder klaute sie gleich. Er grinste, als Werner Rembaus ihm die Tüte entriss, hob übertrieben die Arme und grätschte die Beine wie in der Parodie eines Kriminalfilms. Die Plastiktüte enthielt eine Flasche Feinwaschmittel und zwei Fünferpack Damenstrumpfhosen. Alex Smirno hatte Gegenstände im Wert von 12 Euro, 80 Cent gestohlen. Die Verkäuferin beobachtete noch, wie Werner Rembaus einen großen, ziemlich kräftigen, mit einer schwarzen Lederjacke bekleideten Mann zum Hinterausgang des Drogeriemarkts führte. Der Mann machte keine Anstalten, sich zu wehren oder zu flüchten, hielt den Ladendetektiv auch nicht, wie die meisten erwischten Diebe, mit Diskussionen, Erklärungen, Ausflüchten auf. Er ging ganz einfach langsam vor Werner Rembaus aus dem Geschäft in den dahinterliegenden Hof zu einem Container. In diesem befand sich für eine Übergangszeit das Büro des Drogeriemarkts.

Was sich in den nächsten zehn Minuten in dem Container abspielte, lässt sich nur nachträglich rekonstruieren. Aus den Ergebnissen der Spurensicherung und aus Zeugenaussagen von Leuten, die den Hof durchquerten und sich erinnern, eine Stimme, wohl die von Werner Rembaus, und ein paar Satzfetzen gehört zu haben. Werner Rembaus setzte sich in dem Container an einen kleinen Schreibtisch, öffnete eine Schublade, nahm ein Formular heraus und legte es auf die Tischplatte. Er nahm einen Kugelschreiber in die Hand, um die Personalien des Russen aufzunehmen. Offenbar kam er dabei keinen Schritt voran, da Alex Smirno ihn nicht verstand oder nicht verstehen wollte. Werner Rembaus versuchte es in verschiedenen Sprachen, so laut, dass es sich im Hof wie Brüllen anhörte: »Passaporto? Dokument? Pass? Papers? Papiere?«, dann ein noch lauter gebrülltes Wort: »Polizei«. Dieses Wort muss für Alex Smirno, der sich illegal in Berlin aufhielt, den letzten Ausschlag gegeben haben. Er zog eine halbautomatische Selbstladepistole aus der Innentasche seiner Lederjacke. Es kam wohl zu einem kurzen Handgemenge, Gegenstände fielen vom Schreibtisch zu Boden. Der unbewaffnete Ladendetektiv Werner Rembaus setzte sich gegen den Russen zur Wehr. Er flüchtete nicht. Er schrie in dem Container nicht um Hilfe. Er dachte noch nicht einmal daran, das Formular zu zerreißen, um dem Russen die unbürokratische Erledigung der Sache zu signalisieren, ihn dazu zu bringen, mitsamt seiner Pistole abzuziehen. Er setzte offenen Auges sein Leben aufs Spiel.

Alex Smirno muss im Verlauf der Rauferei die Pistole entsichert, mit beiden Händen durchgeladen und Werner Rembaus direkt auf die linke Brusthälfte gesetzt haben. Er hielt ihn im Schwitzkasten, drückte ihm mit einem Arm an der Gurgel die Luft ab und schoss ihm mit der Hand des anderen Arms direkt ins Herz. Er tötete in einer Weise, die auf die Erfahrung eines geübten Killers schließen lässt. Werner Rembaus starb eine Viertelstunde nachdem sein Lebensweg und der des Russen Alex Smirno sich an der Ladentür des Geschäfts gekreuzt hatten. Drei Tage später wurde Smirno in einem Bordell festgenommen.

Vor Gericht leugnet er die Tat. Es habe sich, behauptet er, um einen Unfall gehandelt. Der Ladendetektiv habe ihn in dem Container brutal zusammengeschlagen. In Notwehr habe er seine Waffe aus der Jacke geholt, dabei habe sich unglücklicherweise ein Schuss gelöst. Auf die Idee, schon der Besitz der Waffe könne illegal sein, kommt Alex Smirno, der wegen Mordes verurteilt wird, nicht. Er hält es für völlig normal, dass ein Mann für den Fall der Fälle eine geladene Pistole dabeihat.

ÜBERZÄHLIG

Vergiftet, verzerrt, irreal war ihr Verhältnis von Anfang an. Andere Paare benötigen Jahre oder gar Jahrzehnte für das, was Karin Linde und Wolfgang Enz miteinander erlebten. Die beiden erledigten ihr Drama in fünf Wochen. Jenes klassische Zweipersonenstück, das mit dem gemeinsamen Haushalten beginnt, in missmutigen, immer gehässiger werdenden Alltagstrott übergeht und bei Schlägen endet.

Im Sommer 1994 kam Wolfgang Enz überstürzt, mit nichts als einer Reisetasche unterm Arm, nach Berlin. Er war auf der Flucht vor der Polizei, er wurde mit Haftbefehl gesucht. In Berlin schlüpfte er in der Kreuzberger Wohnung eines gewissen Schmidt unter, dessen Existenz genauso haltlos von einer Ecke in die nächste taumelte. Ein paar Tage später war dieser Schmidt plötzlich weg und Wolfgang Enz in der Wohnung allein. In der Etage darunter lebte Karin Linde bei ihrem Freund. Sie befand sich in der Position einer besitz- und heimatlosen Untermieterin wie Wolfgang Enz über ihr. Auch sie war inoffiziell untergekrochen, nicht mehr beanspruchend als eine Matratze auf dem Boden und die Mitbenutzung von Küche und Bad. Am Tag als Schmidt verschwand, wurde Karin Linde von ihrem Freund sitzengelassen. Karin Linde war labil. Nach einer Nacht in der Wohnung hielt sie es mit sich nicht mehr aus. Morgens um elf, es war ein Samstag, ging sie die Treppe hinauf und klingelte bei Wolfgang Enz, den sie vom Grüßen im Hausflur kannte. Sie lud ihn zu einem Spaziergang ein, und kurz danach – zum Spazierengehen kam es gar nicht, stattdessen wurden ein paar Biere getrunken – betrachteten sich die beiden Überzähligen als liiert. Noch am selben Abend trug Wolfgang Enz seine Reisetasche zu Karin Linde hinunter. Verliebtheit war nicht im Spiel, wohl noch nicht einmal besondere Sympathie. Sie tappten aufeinander zu wie zwei, die sich nach Einbruch der Dunkelheit verirrt haben, plötzlich ein menschliches Geräusch hören und blindlings dorthin streben, wo sie einen Schicksalsgefährten vermuten, egal, um was für einen Kandidaten es sich handelt. Hauptsache, er ist da. Eher nebenbei stellten sie fest, dass sie ja auch als Mann und Frau aneinandergeraten waren. Dieses Paarsein machte sie reizbar, wohl gerade, weil es so funktional war, nicht mehr als Sedierung. Es diente dem Ertragen einer verfahrenen Lebenslage und verschärfte gleichzeitig den Blick darauf, dass so oder so, allein oder zu zweit, von dieser Existenz nicht viel zu erwarten war.

Schon am nächsten Morgen, dem Sonntag, wandte Wolfgang Enz das Weckritual an, das ab sofort zur Gewohnheit werden sollte. Im Halbschlaf, alkoholbenommen, zog er krächzend Mundschleim zusammen, trat Karin Linde mit dem Fuß gegen den Oberschenkel oder in den Rücken und raunzte: »Beweg dein Arsch!« Sie stand taumelnd auf, ging in die Küche, drehte den Warmwasserhahn so weit auf, dass die Flamme im Boiler über dem Spülbecken ansprang, wartete, bis das Wasser heiß wurde, schüttete löslichen Billigkaffee und Zucker direkt aus den Packungen in zwei Becher und hielt sie unter den Wasserstrahl. Zum Umrühren nahm sie irgendeinen Gegenstand, der gerade in Reichweite war, zum Abwischen der Becher einen Spüllappen. War der Kaffee zu stark, gab es das erste Gebrüll, war er zu schwach, zu süß, zu bitter, ebenfalls. Streit aus Nichtigkeiten: So gingen die Tage, von Ausflügen in Trinkhallen und Kneipen abgesehen, dahin.

Wolfgang Enz wurde von der Polizei wegen eines schweren Vergewaltigungsdeliktes gesucht. Karin Linde wusste das, natürlich erschreckte es sie, umso mehr, als ihr Verhältnis nicht nur zu diesem Mann, sondern zum männlichen Geschlecht ganz grundsätzlich empfindlich war, erfüllt von alarmierter Ängstlichkeit, vom Gefühl steter Bedrohung. So war es immer gewesen. Im Leben und im Haushalt ihrer Mutter waren Männer gekommen, ein paar Nächte, Wochen oder Monate geblieben und gegangen. Sie hinterließen volle Aschenbecher, ausgedrückte Rasierschaumtuben, Socken im Schmutzwäschekorb, die auf dem Weg zur Waschmaschine vom Ende der Liaison überholt worden waren, und in der Regel hinterließen sie auch ein paar Geldscheine. Unregelmäßige Summen, die in unregelmäßigen Abständen auf dem Küchentisch lagen, unter die Thermoskanne gesteckt oder auf dem Fernseher. Dies zumindest waren die beiden Stellen, die Karin Lindes Blick automatisch absuchte, die Kindheit und die halbe Jugend lang. Ein Gewohnheitsreflex, wie man die Garderobe oder das Schlüsselbrett hinter der Wohnungstür mit den Augen überfliegt, um zu wissen, wer da ist und wer nicht.

Nie stahl Karin Linde einen der Scheine. Sie dienten ihr nur als Botschaft, als Zeichen, aus dem sich die jeweilige Befindlichkeit der Mutter, ihre Wirtschafts- und die daran geknüpfte Stimmungslage ableiten ließ, ebenso das jeweilige, von der Tochter zu erfüllende Verhaltensreglement. War ein Mann anwesend, hatte sie sich unscheinbar zu benehmen. Gab es keinen, war sie aufgefordert, die Mutter zu umsorgen und zu behandeln, als befände sich diese im Krankenstand. Die nächste Männerbekanntschaft hatte den Charakter einer Blitzheilung. Unablässig drehte sich das Karussell der häuslichen Zustände, für Karin Linde kam es darauf an, sich synchron mitzudrehen, im richtigen Moment auf- und abzuspringen. War sie am Montag die Tochter einer lebhaften, ungezwungenen Frau, musste sie darauf gefasst sein, am darauffolgenden Mittwoch die Mutter als verbrauchte, verbittert herumgeisternde Person zu ertragen. Wobei auch dieser Zustand noch Variablen bot, die Richtung zum wilden Jähzorn einschlagen konnte oder die Richtung zur Apathie. Im ersten Fall flogen Gegenstände und Geschirr durch die Wohnung. Im zweiten lag eine Scheintote auf der Couch.

Gab es noch andere, geheime Lagerplätze für das Geld der Männer? Karin Linde ahnte es, sie suchte danach. In unbeobachteten Momenten hob sie Wäschestapel im Kleiderschrank der Mutter an, schüttelte Zeitschriften aus, zog Schubladen auf, tastete in Manteltaschen. Es war nicht die natürliche Schokoladengier, die Kinder überfällt, wenn sie allein in der Wohnung sind und die Chance haben, in die Katakomben der Wohnung vorzustoßen. Was Karin Linde suchte, war komplizierter. Sie suchte eine Erklärung für die diffusen Verhältnisse, die sie umgaben. Sie suchte Begriffe, die geeignet gewesen wären, ihr Leben und sie selbst zu benennen, verlässliche Bilder, unter deren Dach sie hätte unterkommen können. Sie hatte eine Wohnadresse, einen Wohnungsschlüssel, ein eigenes Zimmer, ein Bett, das nur ihr gehörte, aber sie lebte dennoch im Gefühl der Obdachlosigkeit. Jener Obdachlosigkeit, die sich aus fehlender Selbstvertrautheit ergeben kann. Gehörte sie zu den Kindern, deren Wünsche vom Sparzwang geduckt werden? Oder zu jenen, deren Familien sich in finanzieller Freiheit bewegen? Mal war der Kühlschrank leer, mal saß sie mit ihrer Mutter in einem italienischen Restaurant und durfte bestellen, worauf sie Lust hatte, egal, was es kostete.

War ihre Mutter eine Prostituierte? Ja, denn sie lebte offensichtlich vom Geld fremder Männer. Nein, denn so ganz fremd waren diese Männer auch wieder nicht, sie hießen Jürgen, Jimmi, Michi, Andi, Manfred, saßen morgens beim Frühstück dabei und abends vor dem Fernseher. Waren diese Männer zu verachten? Oder zu fürchten? Oder beides? Sie wurden bedient, als wäre der Haushalt ein Hotelbetrieb, sie wurden von der Mutter süßlich umgurrt, aber kaum wandten sie ihr den Rücken zu, verdrehte sie die Augen. War, was sie für die Geldscheine in erster Linie erwarteten und im Schlafzimmer erhielten – »du bist jetzt mal zwei Stunden weg« lautete der Code hierfür –, der Mutter angenehm oder widerlich? Galt es als Genuss oder als Schmutzarbeit? Dies war der Kern des Unerklärbaren, die Frage, auf die alle anderen Fragen hinausliefen, das Reibeisen, an dem Karin Linde sich wundrieb.

Sie wich, obwohl sie seine beängstigende Vorgeschichte kannte, Wolfgang Enz nun aber nicht aus. Sie forderte, wild entschlossen, ein für allemal ihre schüchterne Natur zu überwinden, die Gefahr heraus und verlegte sich aufs Frivolsein. Sie rollte die Hinterseite ihrer Unterhose so eng zusammen, dass sie zumindest der Form nach einem Tanga glich, und balancierte so den Morgenkaffee zur Matratze. Sie fragte Wolfgang Enz so lange und bohrend nach bestimmten Spielformen ausgefallener Sexualität aus, dass sich deren Anwendung fast zwangsläufig ergab. Sie schwatzte Wolfgang Enz in die Rolle eines herrischen Zeremonienmeisters, der sie herpfiff, um ihn zu befriedigen, und sie auf allen vieren durch die Wohnung scheuchte. Sie hatte sich offensichtlich in eine paradoxe Logik verstiegen: Wer, wenn nicht ein Rohling, der erwiesenermaßen keine Hemmung hatte, sich brutal über Frauen herzumachen, konnte sie ins kalte Wasser der Weiblichkeit stoßen, an dessen Ufer sie sonst immer herumfröstelte. Sie ließ alles mit sich geschehen, wurde geschlagen, ging mit blauen Flecken im Gesicht und an den Oberarmen auf die Straße, in Kneipen und unter Leute. Noch Jahre später erinnerten sie sich an die Hämatome am Körper der schmächtigen, hageren Frau, Spuren von Gewalt, in denen sie damals allerdings nichts Ungewöhnliches erkannt hatten. Das gehörte zum Milieu. Wie es in besseren Kreisen vorkommt, dass ein Abendessen unter Freunden ein bisschen aus der Spur läuft, weil zwei politische Meinungsfronten aneinandergeraten.

Nach zwei Wochen war von der Sexualität nur noch die Schikane, die aggressive Aufladung übrig. Irgendwann kam es dazu, dass Wolfgang Enz Karin Linde Handschellen anlegte. Sie hatte die Idee aufgebracht, einer Unruhe, einem inneren Zwang folgend, der sich in ihrer Erinnerung mit dem äußeren Zwang der Fesseln vermischte. Tagelang, so kam es ihr später vor, war sie an den Arm ihres Peinigers festgebunden, wurde sie wie eine Sklavin von Wolfgang Enz herumgezerrt, egal ob sie heißes Wasser in die Kaffeebecher laufen ließ oder zur Toilette musste. Ein endloses Martyrium, alle paar Stunden fiel er über sie her. Nach fünf Wochen beendete Wolfgang Enz das Zusammensein. Er nahm seine Reisetasche, brüllte von der Wohnungstür aus ein paar Schimpfworte zur Matratze, wo Karin Linde betrunken dalag, und verließ das Haus.

Wieder hielt sie es nicht länger als eine Nacht mit sich allein aus, wieder hängte sie sich schon am nächsten Tag an den erstbesten Menschen, diesmal an eine weibliche Eckkneipenbekanntschaft. Helga Maletzke hatte nach dem Tod ihres Mannes dessen Hauswartsstelle in einem Kreuzberger Altbau übernommen, lebte im Erdgeschoss in einer dunklen, eineinhalb Zimmer und Kochnische umfassenden Wohnung und zahlte, als Entlohnung ihrer Hausmeistertätigkeiten, keine Miete. An diesen Tätigkeiten beteiligte sich Karin

Linde, nachdem sie bei Helga Maletzke eingezogen war, umgehend, und sie tat es mit Eifer. Es waren kaum mehr als achtundvierzig Stunden seit dem Abgang von Wolfgang Enz vergangen, als sie damit begann, um die Mülltonnen im Hinterhof ihrer neuen Herberge herumliegende Verpackungskartons aufzusammeln, zu flachen Stapeln zu falten und in der Tonne zu verstauen. Am darauffolgenden Freitag putzte sie zum ersten Mal die Treppen des Vorderhauses und der beiden Hofgebäude, vom vierten Stockwerk an abwärts, sie entfernte mit einem Spachtel eingetrockneten Taubenkot von den Fensterbrettern, sie fegte den Hof, sie übernahm es sogar, die Haustür um zweiundzwanzig Uhr am Abend ab- und um sechs Uhr am Morgen wieder aufzuschließen. Nach einer Woche erledigte Karin Linde sämtliche Pflichten, die offiziell ihrer Gastgeberin oblagen. Dieser Rollentausch war freundschaftlich geprägt, aber natürlich beruhte er auf einem Handel mit geschäftlichem Charakter: freies Wohnen in dem halben Zimmer gegen Treppenputz und hygienische Instandhaltung der Mülltonnen.

Es war allerdings ein unausgesprochener, in seinen Gesetzen, Grenzen, Ausbaumöglichkeiten nicht festgelegter Handel zwischen den beiden Frauen, in deren Verhältnis Karin Linde die Position des Mündels einnahm, das sich einer Gönnerin verpflichtet weiß. Stillschweigend richteten sich an Karin Linde alsbald subtilere geschäftliche Erwartungen. Sie widersprach nicht, sie widersetzte sich nicht, als eines Tages ein Russe in der Erdgeschosswohnung stand, der vollkommen selbstverständlich vierzig Euro auf den Tisch legte und erklärte, mehr gäbe es nicht für eine halbe Stunde. Helga Maletzke verließ die Wohnung für diese halbe Stunde und teilte nach ihrer Rückkehr die vierzig Euro zu gleichen Teilen zwischen sich und Karin Linde auf. Damit war ein

Arrangement getroffen, das so lange hielt, bis Helga Maletzke befand, das gemeinsame Leben habe sich erschöpft und sie wäre jetzt gern wieder allein. Ein knappes halbes Jahr war vergangen.

Karin Linde begann zu streunen. Sie übernachtete, wo und bei wem es sich ergab, ein paarmal auf einer Parkbank, ein paarmal im Stockbett einer Obdachlosenpension. Als sie an einem Morgen im Essraum dieser Pension frühstückte, setzte sich eine Sozialarbeiterin zu ihr an den Tisch, ein Gespräch entstand. Karin Linde gab nur Bruchstücke, nur ein paar Stationen ihres Lebens preis, suchte den Eindruck zu vermeiden, dass sich dieses Leben im ziellosen, asozialen Herumirren erschöpfte. Sie betonte, auf der Suche nach Arbeit und Sicherheit und von beidem nicht weit entfernt zu sein. Die Sozialarbeiterin bohrte nicht in dieser Version, sie wünschte Karin Linde viel Glück und stellte zum Abschied noch die Frage: »Hast du's denn mit Gewalt zu tun gehabt?« Karin Linde schüttelte automatisch den Kopf.

Aber die Frage setzte sich in ihr fest. Sie löste in Karin Lindes Gedanken einen Juckreiz aus, der nicht schwächer, sondern mit jedem Herumreiben, jedem Herumgrübeln stärker wurde und eine Antwort verlangte. Zwei Jahre nach dem Zusammenhausen mit Wolfgang Enz – der inzwischen gefasst, verurteilt und Insasse einer Berliner Haftanstalt war – ging Karin Linde zur Polizei und zeigte ihn wegen Vergewaltigung an. Die Ermittlungsbehörden sahen keinen Grund, ihr nicht zu glauben. Dass Frauen, die Opfer eines Sexualdelikts geworden sind, sehr lange brauchen, bis sie davon erzählen, ist keine Seltenheit. Das Verbrechen schien überdies zu Wolfgang Enz ebenso zu passen wie die zeitlichen Vorgänge, die Karin Linde schilderte, zur Chronologie seiner Flucht. Selbst die Handschellen, deren gewaltsamen Einsatz Karin Linde ausführlich beschrieb, hatten sich bei der Festnahme von Wolfgang Enz in seinem Gepäck gefunden.

Im Prozess bestreitet Wolfgang Enz weder das sexuelle Verhältnis mit Karin Linde noch die Fesselung. Dass es sich dabei um eine Vergewaltigung gehandelt habe, bestreitet er jedoch scharf. Am Ende wird er freigesprochen und verdankt dies keiner anderen als Karin Linde selbst. Denn als der Richter sie behutsam bittet, den Hergang des Erlittenen so detailliert wie möglich zu schildern, geht sie in die Luft. »Das war doch nicht nur einmal«, schreit sie plötzlich in den Gerichtssaal, »ich hab mein ganzes Leben lang gelitten, da muss doch mal einer von den Kerlen büßen für!« – »Sie meinen«, fragt der Richter, »Ihnen wurde viel angetan, das Sie als Vergewaltigung empfunden haben?« – »Genau«, schreit Karin Linde, »genau das isses!«

SCHWARZE LÖCHER

Werner Liedmann, habilitierter Astrophysiker, war höchst zufrieden, wenn er sein Leben überdachte. Es hing tadellos im Universum, als perfekt funktionierendes kleines Sonnensystem. Er mochte auch diese Metapher, dieses Weltraumbild, das ihm auf dem Weg zur Universität einmal eingefallen war. Es zeigte ihm, wie tief er mit seiner Tätigkeit verbunden war, bis hin zu poetischen Ideen. Wie viel Erfüllung er folglich genoss.

Schwingung und Ordnung, beides erkannte er in seinem Leben. Ordnung im Kleinen, in seinem Alltag und dem seiner Familie. Sie bewohnten ein großzügiges Haus am Stadtrand, nach der Arbeit machte Werner Liedmann eine Stunde Sport, nach dem Abendessen brachte er die Kinder ins Bett, las ihnen vor, erkundigte sich nach Schule und Kindergarten, er wollte kein Vater sein, der am Handy von der Ehefrau erfährt, dass die Jüngste neuerdings in ganzen Sätzen spricht. Am Wochenende saßen Gäste bei Liedmanns am Tisch, im Sommer kamen die Nachbarn zum Grillen auf die Terrasse. Zweimal im Monat führte Werner Liedmann seine Frau aus. Wenn sie an diesen Abenden ins Auto stieg, fand sie auf dem Beifahrersitz hin und wieder eine Flasche gekühlten Champagner. Über Regeln und Gewohnheiten sollten die Extras, die Momente spontaner Leidenschaft, nicht verlorengehen.

Alles gelang. Und es gelang zum richtigen Zeitpunkt. Denn auch im Großen, im Plan seiner Biografie, erkannte Werner Liedmann eine sinnvolle, ihn vollauf befriedigende Ordnung. Mit vierzig hatte er geheiratet und eine Familie gegründet. Genau auf der Mittelachse der Lebenszeit, die er aller statistischen Wahrscheinlichkeit nach erwarten durfte. Diese Symmetrie unterstrich in seinen Augen die Richtigkeit der neuen Weichenstellung: auf einem Gleis Beruf und Karriere, auf dem anderen, nun dazugekommenen Gleis sein Familienleben. Gelegentlich stellte sich Werner Liedmann seinen Lebenslauf tatsächlich als grafische Zeichnung vor und gratulierte sich zu ihren harmonischen Proportionen. Mit dreißig wäre er sich zu jung vorgekommen für Kinder, mit fünfzig schon ein bisschen alt. Vierzig war Punktlandung. Passend und plausibel. So richtig wie die Einhaltung des Familiensonntags. Bevor er frische Brötchen für das Sonntagsfrühstück holte, schaute Werner Liedmann kurz nach, ob wichtige Mails gekommen waren, das war aber auch alles, was er sich sonntags an Arbeit gestattete.

Er schaltete den Rechner aus, trug die Teetasse in die Küche und zog seine Sportschuhe an. Seine Frau und die Kinder schliefen noch. Bis sie gemeinsam am Tisch saßen, würde es mindestens noch eine Stunde dauern. Er hatte Zeit für ein paar Joggingrunden im nahen Stadtwald. Werner Liedmann setzte sich aufs Fahrrad und fuhr los. Es war ein Sonntagmorgen im Frühherbst 2001. Es war diesig, es regnete nicht, aber in der Luft lag neblige, verschleiernde Feuchtigkeit. Werner Liedmann kniff die Augen zusammen. Er fuhr gerade auf die Kreuzung Hubertusallee/Franzensbader Straße zu. Für eine halbe Sekunde schloss er die Augen, um mit der Hand über die Lider zu wischen, er fühlte sich behindert in der Sicht, wie beim Autofahren, wenn Morgentau auf der Frontscheibe liegt. Als er die Augen öffnete, war ein Auto vor ihm. Es war ganz nah vor ihm. Mit zwei Schritten hätte er es berühren können. Das Auto und er fuhren aufeinander zu. Sein Körper reagierte sofort. Sein rechtes Bein trat mit voller Kraft in die Rückbremse der Pedale, so hart, dass das Hinterrad mit einem Quietschlaut blockierte. Der Bremsruck schob seinen Oberkörper leicht nach vorn. Werner Liedmann stützte sich auf dem Lenker ab und drehte ihn gleichzeitig scharf zur linken Seite. Weg von dem roten Auto, das jetzt, direkt vor Werner Liedmann, um die Kurve fuhr, einfach weiterfuhr, in die Hubertusallee hinein. Ein Audi, ein roter Audi. Das Auto hielt nicht an, es verlangsamte noch nicht einmal das Tempo. Kein Verkehr weit und breit. Völlige Stille, nur Werner Liedmann und der Audi, der sich so gleichgültig entfernte, als wäre nicht das Geringste geschehen, als hätte es da mitten auf der Kreuzung keinen Radfahrer gegeben, der Vorfahrt hatte. Werner Liedmann konnte hören, dass die Person, die den Audi lenkte, sogar den Gang hochschaltete. Diese Person – Werner Liedmann dachte automatisch an einen Mann – benahm sich wie beim Autoscooter auf der Kirmes, wo das Hauptvergnügen darin besteht, die herumsirrenden Wägelchen möglichst frontal und hart aufeinanderkrachen zu lassen. Und er, Werner Liedmann, war für den Typ im Audi offenbar so ein Wägelchen. Eine Gelegenheit für eine kleine spaßige Karambolage. Er schaute hinterher, er schaffte es, sich das Kennzeichen zu merken.

Dann überfiel ihn der Schock. Und mit dem Schock der Gedanke: Du hättest tot sein können. Drei Meter weiter und du wärst auf den Audi gekracht, auf die Straße geschmettert. Du hast eine Frau, zwei Kinder, du hättest tot sein können, die Frau verwitwet, die Kinder verwaist. Werner Liedmann stützte sich mit dem Fuß auf dem Straßenpflaster ab, er merkte, wie sich die Spannung der abgeknickten Zehen auf seinen ganzen Körper übertrug, ein Zittern bis in die Hände, die sich um den Lenker krampften.

Die Adrenalinwelle stieg in ihm hoch. Da vorne saß der Typ in seiner Karre und haute einfach ab. Fahrerflucht, nichts anderes. Um ein Haar wäre dieses Arschloch zum Mörder geworden und hielt es nicht für nötig, anzuhalten, sich zu entschuldigen, zu fragen, ob alles in Ordnung sei. Werner Liedmann sagte sich laut die Buchstaben- und Zahlenfolge des Kennzeichens vor. Er hörte mitten auf der leeren Kreuzung seine eigene Stimme, gehetzt, hysterisch und piepsend hoch, lächerlich bubenhaft, eine demütigende Stimmbruchstimme. Werner Liedmanns Gedanken rotierten auf der Adrenalinwelle um den gesichtslosen Fastmörder herum, um das miese Subjekt, das ihm nicht einmal die Chance gab, sich von Mann zu Mann – haben Sie keine Augen im Kopf? Sind Sie besoffen oder was? Leuten wie Ihnen muss der Führerschein entzogen werden! – abzureagieren. Nach einer Weile wäre der Satz gefallen: Okay, jeder baut mal Mist. Werner Liedmann hätte dem Audi einen scharfen Blick nachgeworfen, hätte seiner Frau die Geschichte erzählt und sich den Sonntag über beruhigt. So aber geschah etwas anderes. Das Adrenalin blieb, es baute sich in Werner Liedmann nicht ab, es veränderte nur seinen Aggregatzustand und verhärtete sich zu kaltem Hass.

Über Wochen und Monate wurde Werner Liedmanns Wille, den Fahrer des roten Audi zu jagen und vor Gericht zu bringen, von der Macht dieses Hasses getragen. Jeder Beruhigungsversuch von außen, jedes rationale Argument, jede juristische Hürde, die Werner Liedmanns privaten Feldzug behinderte, stärkten lediglich seine Unnachgiebigkeit, ließen den Astrophysiker immer weiter hineinwachsen in die Rolle des Gerechten, der sich aufbäumt. Noch vor der Arbeit ging Werner Liedmann am Montagmorgen zur Polizei, um Anzeige zu erstatten. Er stand vor kleinen Beamten und kam sich abgewimmelt vor. Schlimmer noch: Er musste sich sagen lassen, er habe doch Riesenglück gehabt da auf der Kreuzung. Kein Knochenbruch, kein Hämatom, nicht die klitzekleinste Schramme an den Waden. Solche »Situationen«, wie die Sesselpolizisten es nannten, gäbe es auf den Straßen einer Großstadt nun mal tagtäglich und zahllos. Die Muße, sich derartiger Lappalien anzunehmen, habe kein Rechtsstaat dieser Welt. Abgesehen davon könne Herr Liedmann offenbar noch nicht einmal Zeugen für den Vorfall nennen. Selbst die kindische Floskel vom »guten Schutzengel« blieb ihm nicht erspart. Am Nachmittag desselben Tages rief er seinen Anwalt an. Der Anwalt ließ durchblicken, dass er die juristische Chance auf das Zustandekommen eines Zivilprozesses für sehr gering erachte. Werner Liedmann beschimpfte ihn als unloyales, rückgratloses Weichei und begann sofort einen neuen Anwalt zu suchen, der ihm Manns genug schien, seinen Fall zu übernehmen. Er fand auch einen.

Die Aktivitäten, die der junge Jurist nun unternahm, entlasteten Werner Liedmann vorübergehend. Aber weder fand er zu seiner früheren Balance zurück, noch wollte er dies. Er wollte gar nicht zulassen, dass sich seine Erregung im Lauf der Zeit senkte, weil dies, so sah er es zumindest, in der Konsequenz bedeutet hätte, auch den Grad der Schuld zu mindern, das dem Delikt, dessen Opfer er geworden war, zukam. Er schlief schlecht, wachte mitten in der Nacht mit rasendem Puls auf, aber er unternahm nichts, um sich irgendwie zu beruhigen oder weiterzuschlafen. Er machte sich absichtlich noch wacher, als er schon war, kochte sich um drei Uhr morgens Espresso, setzte sich an seinen Schreibtisch, machte sich Notizen für das nächste Gespräch mit dem Anwalt, ging wieder und wieder sein Gedächtnisprotokoll des Vorfalls durch, obwohl er es natürlich längst auswendig konnte. Tagsüber befand er sich in einer aufreibenden Mischung aus Erschöpfung und Rastlosigkeit. Er litt zum ersten Mal in seinem Leben an Konzentrationsstörungen bei der Arbeit. Selbst am Tag, als seine Frau mit dem ältesten Kind in den Wehen lag, hatte er es geschafft, für zwei Stunden vom Krankenhaus ins Institut zu fahren und ohne jede Nervosität an einer Sitzung teilzunehmen. Jetzt kam es vor, dass ein Assistent ihn im Vorbeigehen besorgt fragte: »Ist was, Herr Doktor Liedmann?«

Zum ersten großen Streit mit seiner Frau kam es, als sie ihm den Vorschlag machte, einen Arzt aufzusuchen oder wenigstens ein homöopathisches Beruhigungsmittel einzunehmen. Liedmann brüllte sofort los. Als hätte er auf eine Gelegenheit dazu, auf ein solches Stichwort nur gewartet. Mit schreiend heiserer Stimme hämmerte er ihr vor, was er der Familie seit Jahr und Tag alles biete; das Haus, die Urlaubsreisen, die gesamten Annehmlichkeiten ihres Lebens. Er schilderte ihr sogar bis in finanzielle Details hinein, welch weiches Polster aus Lebensversicherungen, Aktien und Pension sie aufgefangen hätte, falls er bei dem Unfall – er nannte es tatsächlich »Unfall« – zu Tode gekommen wäre. Dies wiederum interpretierte seine Frau, die nun ebenfalls schrie, als Unterstellung, sie fände schon aus Profitgründen die Aussicht auf Witwenschaft nicht übermäßig tragisch, folglich auch seinen Tod nicht allzu bedauerlich. Es war nicht nur der erste ausufernde, es war vor allem der irrationalste Krach in ihrer Ehe. Gemeinheiten schossen nur so durch die Luft, er gehöre, wurde Liedmann angeschrien, in die Psychiatrie, mit homöopathischen Kügelchen sei bei ihm wahrhaft nichts mehr auszurichten. Danach ging dem Streit die Luft aus, und das Paar sprach zwei Tage kein Wort miteinander. Am dritten Tag setzten sie sich mit einer Flasche Rotwein in die Küche und erarbeiteten einen Kompromiss. Werner Liedmann ließ sich darauf ein, die juristische Beschäftigung mit dem Unfall auf ein Jahr zu begrenzen. Seine Frau garantierte, ihn bis dahin in seinem Furor gewähren zu lassen.

Weihnachten und Neujahr waren vorüber, der Stadtwald, in dem Werner Liedmann abends und am Wochenende joggte, zeigt bereits erstes Frühlingsgrün, als sich die beiden Männer, die an einem Sonntagmorgen im vorangegangenen Herbst die Kreuzung Hubertusallee/Franzensbader Straße im selben Moment überquert hatten, zum ersten Mal persönlich begegnen und von Angesicht zu Angesicht gegenüberstehen. Der Schlichtungstermin findet in einer Anwaltskanzlei statt. Er ist für zehn Uhr morgens angesetzt. Dr. Heinrich Scharowski, Fahrer des roten Audi, erscheint sieben Minuten nach zehn. Die kleine Verspätung genügt als Windstoß, um die spaltbreit zur Versöhnung geöffnete Tür endgültig ins Schloss fallen zu lassen. Zumindest von Werner Liedmanns Seite aus. Er sieht diesen Scharowski, der als niedergelassener Zahnarzt Mitte fünfzig, als Villenbesitzer und Vater zweier erwachsener Söhne gesellschaftlich den gleichen Status einnimmt wie er selbst, vermutlich auch genauso viel Steuern zahlt, und er fühlt die Demütigung, von dem Subjekt, dem er die schlimmste Zeit seines Lebens verdankt, nun auch noch zu Umgangsformen gezwungen zu werden, wie sie unter Akademikern nun mal üblich sind. Das schleimige Lächeln, mit dem Scharowski auf ihn zukommt, verursacht ihm Widerwillen. Der schlaffe Händedruck seines Kontrahenten kommt ihm wie eine Ohrfeige vor, die er am liebsten mit einer ebensolchen beantworten würde. Das also ist sein Fastmörder. Er trägt Anzug und Krawatte. Er beansprucht, gesiezt zu werden. Er scheint darauf zu warten, dass man ihm um diese Uhrzeit eine Tasse Kaffee anbietet. Milch und Zucker? Ja, danke, gern mit Milch und Zucker. Ein Prolet, ein Mensch, den sozial zu verachten leichtfällt, käme Werner Liedmann jetzt als Feind gelegener. Er hat aber keinen herumstotternden Proleten vor sich, sondern einen sozialen Doppelgänger. Allerdings einen Doppelgänger, von dem er sich parodiert fühlt. Ein Spiegelbild, das ihn verzerrt, um ihn lächerlich zu machen.

Alles, was Werner Liedmann an sich schätzt, seine gestreckte, muskulöse Erscheinung, sein geradliniger Intellekt, sein aufrechter Charakter, die gesamte Strukturierung seiner Person, wirkt bei Heinrich Scharowski ins Gegenteil verformt, ins Formlose, Weiche, Verfaulte. Natürlich kann sich Scharowski an den Sonntagmorgen im Herbst überhaupt nicht erinnern, folglich auch nicht an einen Radfahrer, dem er morgens um acht die Vorfahrt nahm. Dass er möglicherweise an diesem Tag zu dieser Uhrzeit mit seinem roten Audi unterwegs war, bestreitet er nicht. Vielleicht fuhr er damals gerade nach Hause. Nach Hause? Morgens um acht? Werner Liedmann sieht den Whirlpool eines Puffs vor sich, er sieht Thai-Mädchen, deren lange künstliche Fingernägel an bleichen aufgeschwemmten Männerkörpern herumkitzeln. Genauso gut kann er sich Heinrich Scharowksi beim sogenannten Sonntagsbrunch in einem Restaurant vorstellen. Das würde zu einem Mann wie Scharowski passen: Nach einer Puffnacht morgens angetrunken nach Hause fahren, ein paar Stunden schlafen und dann ab zum Leistungsfressen mit Verblödungsmusik im Hintergrund. Und nebenbei einen Familienvater ummähen, der Vollkornbrötchen kaufen fährt und dafür das Fahrrad benutzt.

Puff, Brunch, Fahrerflucht, für Werner Liedmann liegt das alles auf einer moralischen Linie. Sie entstammt den schwarzen Löchern der Unordnung, der Verkommenheit, deren einziger Sinn darin besteht, gut geordnete Systeme anzugreifen, wie der rote Audi ihn ja tatsächlich angriff. Werner Liedmann bricht das Gespräch ab. Hier gibt es für ihn nichts zu schlichten. Er gibt Heinrich Scharowski nicht einmal die Hand, er nimmt seine Aktentasche und geht kurzerhand zur Tür. Bevor er hinausgeht, dreht er sich zackig um und ruft: »Wir sehen uns vor Gericht, Herr Scharowski!« in den Raum.

Die eigene Unhöflichkeit befriedigt ihn. Aber es ist noch etwas anderes, das ihm langsam innere Ruhe verschafft. Er betrachtet den Vorfall auf der Straßenkreuzung nun im Licht schicksalhafter Bedeutung. Als eine von höheren Kräften gewollte und gelenkte Herausforderung, deren Sinn darin lag, die Abwehrkräfte seiner Existenz zu prüfen. Heinrich Scharowski war dabei nichts anderes als ein symbolischer Vertreter des Niederen, der ihm verdeutlichte, wie richtig und überlegen sein Leben war. Eine Art negative Epiphanie, mit der er fertig werden sollte.

Der Richter, vor dem die beiden Männer – wiederum ein halbes Jahr später – stehen, betrachtet den Fall etwas banaler und stellt das Verfahren wegen Geringfügigkeit ein.

DOCH EINE LEUCHTE

Als dummer, richtig dummer Mensch galt Bärbel Hefter seit je. Das Urteil stand schon fest, bevor Schulnoten, die allerdings, als Bärbel Hefter in die Schule kam, auch auf Anhieb miserabel waren, es begründet hätten. Bevor sie lesen, schreiben, rechnen lernte, hatte Bärbel Hefter begriffen, dass ihr all dies ziemlich schwerfallen würde. Es ging ihr, wie es Kindern mit Segelohren, karottenroten Haaren oder Schielaugen gehen kann. Haben sie oft genug erlebt, dass nichts an ihnen so stark ins Auge springt, sehen sie im Spiegel selbst nur noch dieses eine Merkmal, diesen Schlüssel ihrer Erscheinung, und geben ihm irgendwann die Macht, der Schlüssel ihres gesamten Lebens zu sein.

Etwas Stutzendes, Unzugängliches muss Bärbel Hefter von klein auf an sich gehabt haben. Sie stand mit Schaufel und Eimerchen vor dem Sandkasten und tat nichts damit. Sie rannte nicht los, wenn alle anderen rannten, als hätte sie das Startsignal nicht gehört oder wäre zu blöd, zu begreifen, was mit dem Signal gemeint war. Sie saß in der Schulbank und reagierte nicht, wenn sie das Wort Apfel von der Tafel ablesen sollte. Sie reagierte auch nicht, wenn sie etwas erzählen sollte, sie zuckte höchstens mit den Schultern und wartete, bis der Nächste mit dem Erzählen dran war. Und wie viel sie davon aufnahm, war ihr dann auch nicht anzusehen. Sie zeigte ein Verhalten, das sich eben Dummheit, ja Schwachsinn nennen ließ. Sie nannte es, als sie älter war, selbst so. Bärbel Hefters Lebensformel lautete: Ich bin kein großes Licht. Sie sagte diesen Satz, wenn sie Männer kennenlernte, sie sagte ihn zu ihren Kindern und zu den Lehrern ihrer Kinder, sie sagte ihn sogar, wenn sie sich als Küchenhilfe oder Putzfrau bewarb. Ich bin kein großes Licht. Sowenig sie auch sonst beanspruchte: den Stolz darauf, über ihr Manko Bescheid zu wissen, es nicht zu vertuschen, sondern es im Gegenteil zu offenbaren, bevor es anderen überlassen blieb, am niedrigen Grad ihrer Intelligenz herumzuspekulieren, diesen kleinen Stolz ließ sie sich nicht nehmen. Ein aufmerksamer Beobachter hätte schon daran erkennen können, dass es so viel Stroh und so wenig Hirn im Kopf von Bärbel Hefter auch wieder nicht geben konnte.

Sie verließ die Schule ohne Abschluss, sie sah ein, dass ihr Traum, Friseuse zu werden, nicht in Erfüllung gehen würde, und begann als ungelernte Hilfskraft in einem Konsum zu arbeiten. Sie schleppte Kisten, packte Waren aus, räumte sie in Regale, putzte nach Geschäftsschluss den Laden und den Hinterraum. Mit Kunden sollte sie, maulfaul wie sie wirkte, nichts zu tun haben. Sie war nun endgültig auf die Dummheit festgelegt und sorgte selbst dafür, dass ihr Leben auf fatale Weise mit dieser Festlegung übereinstimmte. Mit Anfang zwanzig bekam sie kurz nacheinander drei Kinder von drei verschiedenen Männern, die sie allesamt sitzenließen. Sie wusste, wie sie es hätte verhindern können, sie sah von außen die Malaise, aber von innen trieb ein paradoxer Ehrgeiz, sie anzusteuern, anstatt ihr auszuweichen. Es fehlte ihr nicht an Antrieb oder Kraft, nur verwendete sie ihre Kräfte darauf, sich am Unglück zu verschleißen.

Drei Tage nachdem sie den Bauarbeiter Ralf Bäthe geheiratet hatte, war klar, dass sie an einen Tyrannen, an einen bösartigen Beißer, an ein Scheusal wie aus dem Bilderbuch geraten war. Er saß im Fernsehsessel und brüllte, bis der Kaffee und ein Teller mit Wurstbroten vor ihm auf dem Tisch standen. Dann brüllte er, weil die falschen Wurstsorten auf den Broten und die Brote im falschen Winkel zueinander auf dem Teller lagen. Bärbel Hefter kam aus der Küche, rückte die Brote zurecht und bekam Ohrfeigen. Sie ging zurück in die Küche, wurde wieder hergebrüllt und verprügelt, weil mit dem Kaffee oder dem Fernsehprogramm etwas nicht stimmte, weil die Kinder zu laut waren und sie als dumme Frau ein Missgriff. Ein Jahrzehnt hielt sie das durch, dann ließ sie sich scheiden. Sie blieb mit den Kindern in Halle, Ralf Bäthe zog nach Berlin, zwei Jahre später ereignete sich die Wende. Bärbel Hefter hielt auch jetzt der Aussichtslosigkeit die Treue, sie kehrte, obwohl alles dagegen sprach und sie ihn nicht einmal liebte, zu Ralf Bäthe zurück, heiratete ihn sogar ein zweites Mal. Mit den zwei jüngeren Kindern und dem Mann wohnte sie nun in einer Mietwohnung im Berliner Stadtteil Marzahn. Gerd, ihr Ältester, wollte da nicht hin, es gelang ihm, in einer Wohngruppe für Jugendliche unterzukommen. Er wollte raus aus den Verhältnissen, aus den ganzen Festlegungen, wer dumm war und wer nicht, wer schrie und schlug und wer sich wegduckte und schlagen ließ.

Bärbel Hefters zweite Ehe war nicht friedlicher, eher noch schlimmer als die erste, aber sie spielte sich unter anderen Bedingungen ab. Ralf Bäthes Arbeitslosigkeit ging in die Frühverrentung über, er war nun immer zu Hause, saß den ganzen Tag vor dem Fernseher, wütete unberechenbarer, heimtückischer als zuvor, warf mit Geschirr um sich und pinkelte, wenn es ihm passte, mitten auf den Küchenboden, um Bärbel Hefter zu zwingen, die Lache vor seinen Augen aufzuwischen. Und doch mischte sich in das despotische Gebaren der Beigeschmack des Defensiven. Die Kinder stellten sich nun vor die Mutter, drohten dem Stiefvater und schlugen, wenn es hart auf hart kam, sogar zurück. Dazu kam: Es war nun Bärbel Hefter, nicht der Sesselfeldwebel, von der die Ernährung der Familie abhing. Ihr Leben war härter denn je, sie stand nachts um drei Uhr auf, fuhr zwei Stunden mit dem Zug und begann um sechs mit der Arbeit in einer brandenburgischen Großküche. Wenn sie abends wieder zu Hause war, erledigte sie den Haushalt, kochte das Mittagessen für den nächsten Tag vor und ließ dabei das Wurstbrotgebrüll auf sich herunterdonnern. Sie alterte unnatürlich schnell. Ihre Haare, die sie nie anders getragen hatte als mit einem Haushaltsgummi im Nacken straff zusammengebunden, verfärbten sich vom Dunkelblond ins Aschgrau. Jedes Mal, wenn sie die Haarsträhnen mit den Fingern teilte, fand sie mehr weiße Fäden im Grau, und sie war noch nicht einmal vierzig Jahre alt. Bitterkeitsfalten gruben sich abwärts der Mundwinkel und zwischen den Augenbrauen in ihr Gesicht. Sie sah sich mit Schrecken im Spiegel, sie sah, dass es keineswegs die Dummheit allein war, die aus ihr so ein Schattenwesen machte. Etwas verschob sich in ihrem Selbstbild, etwas knirschte. Vielleicht hieß ihre Lebensformel nun: Ich bin kein großes Licht, aber das ist kein Grund, mich restlos ausblasen zu lassen. Vielleicht besteht die Leistung ungenutzter, unzufriedener Intelligenz überhaupt darin: ein Rumoren zu erzeugen, das sich nicht abstellen lässt, wie es in Menschen rumort, die geschlechtlich in ihrem Körper nicht zu Hause sind.

An einem Abend griff Ralf Bäthe in einem besonders bösen Anfall vom Sessel aus nach einem Kofferradio, riss dabei das Kabel so ruckartig aus der Steckdose, dass sie sich aus der Wand löste, und warf das Gerät Bärbel Hefter in den Rücken. Sie stand gerade im Flur zwischen Küche und Wohnzimmer. Normalerweise hätte sie das Kofferradio genommen und in der Küche probiert, ob es noch Töne von sich gab. Jetzt war es anders. Sie blieb stehen, bückte sich langsam und hob das Radio auf. Dann drehte sie sich um und warf es zu ihrem Mann zurück. Sie zielte genau, das Radio traf ihn nicht, es landete direkt vor seinen Füßen, wie ein Warnschuss, den Polizisten in die Luft feuern, bevor sie auf den Körper des Flüchtenden zielen. Ein paar Monate später machte es Katja, das zweite Kind, dem älteren Bruder nach und setzte alle Hebel in Bewegung, um von der Familie wegzukommen. Sie ließ nicht locker, bis sie vom Jugendamt und von der Mutter die Einwilligung erhielt, in einem Heim zu wohnen. Sie ging nicht im Streit, nicht mit Zorn und Anklagen, sie argumentierte nur ruhig und besonnen, dass sie sich ohne die Spektakel des Stiefvaters und die häusliche Bedrückung besser auf die Schule konzentrieren könne.

Wo hatten die Kinder das her? Die Selbstsicherheit, die Hartnäckigkeit, den Weitblick. Und wo kam eigentlich ihre Intelligenz her? Gerd und Katia, alle beide, fielen in der Schule von der ersten Klasse an durch hervorragende Leistungen und außergewöhnliches Lernvermögen auf. Wenn Bärbel Hefter in der Sprechstunde vor den Lehrern saß, drängten die sie, die Kinder, wenn schon nicht aufs Gymnasium, dann doch wenigstens auf eine Mittelschule zu schicken. Auf Gerds Zeugnissen stand neben allen Fächern immer die gleiche Note. Deutsch, Mathematik, Englisch, Physik, Geografie, Geschichte, Chemie, Sport: Eins. Nach der Mittelschule begann er eine kaufmännische Lehre, ein Berufsschullehrer nahm ihn unter seine Fittiche, und Gerd begann, sich für die Aufnahmeprüfung an einem Abendgymnasium vorzubereiten. Er bestand sie spielend leicht. Ein Abitur also, zum Greifen nah. Ein neues Wort, das Gerd mitbrachte, wenn er Bärbel Hefter an Sonntagnachmittagen besuchte. Ein Abitur, danach ein Hochschulstudium mit Bafög, ein paar Semester im Ausland, das gehört heute dazu, sagte Gerd, dafür wäre mit ein bisschen Anstrengung bestimmt ein Stipendium zu bekommen. Bärbel Hefter hörte unbekannte Begriffe und Namen wie Berkeley, Oxford, Promotion, die in ihren Ohren so exotisch klangen, als würde sie, wenn sie mit ihm Kaffee trank, mit dem Sohn den asiatischen Kontinent bereisen. Dass Kinder über die Eltern hinauswachsen, gilt ja als normal. Dass in ihnen ausreift, was sie als Saat mitbekamen, aber auch. Bärbel Hefter konnte sich ihre Kinder nach dieser Logik überhaupt nicht erklären. Wenn sie mitten in der Nacht zum Bahnhof ging, wenn sie im Zug saß, im Morgengrauen in der Großküche begann, Kartoffelberge zu schälen, Gemüseberge zu putzen, Suppen in bottichgroßen Töpfen anzurühren, fragte sie sich manchmal, was das Rätsel, dass sie solche Kinder hatte, bedeutete und über sie aussagte.

Sonntag für Sonntag wurde sie von Gerd und Katia bedrängt, den Mann endlich zum Teufel zu jagen, aus ihrem Leben etwas zu machen. Abstrakt sah sie alles ein. Die Schritte, die sie hätte unternehmen müssen, Wohnungssuche, Scheidung, Umschulung, Arbeitsvermittlung, konnte sie sich mühelos als Szenen eines Films vorstellen, aber nur mit Mühe sich als dessen Hauptperson. Sie klebte nicht am bürgerlichen Verheiratetsein, sie klebte am Einverständnis in die Niederlage, die sie gewohnt war wie das jahrlange Verbergen blauer Flecken an den Oberarmen. Wenn sie ihre Phantasie sehr anstrengte, sah sie sich abends nach Hause kommen, von niemand erwartet außer ihrem Jüngsten, mit dem sie ruhig plaudernd zu Abend aß. Danach brachte sie ihn ins Bett, und wenn er eingeschlafen war, legte sie sich in die Badewanne, auf dem Wannenrand standen ein paar Duftkerzen und ansonsten: Stille. Am Schlafzimmerschrank hing ein

Kostüm, mit dem sie am nächsten Morgen zur Arbeit ging, in ein Büro, wo man sie achtete, ihr etwas zutraute. Nur war die Frau, die das erlebte, ein anderer Mensch und die Verwandlung in diesen stellte in Bärbel Hefters Phantasie einen blinden Fleck dar.

»Es reicht«, sagte Gerd an einem Sonntagnachmittag, »du musst jetzt was machen.« Er sah seine Mutter an und erläuterte den Satz mit einer Bewegung. Ruckartig zog er die flach ausgestreckte Hand an seiner Kehle vorbei. Eigentlich wollte er Bärbel Hefter mit dem Irrsinn der Idee, die diese Geste ausdrückte, nur einen Schock versetzen. Er wollte sie wachrütteln, sie dazu bringen, sich aus spontaner Empörung heraus mit den näherliegenden und weniger irrsinnigen Alternativen der Beendigung einer Ehe zu befreunden. Wie ein apathischer Rekonvaleszent sich zu einem Spaziergang im Park überreden lässt, wenn zuvor versucht wurde, ihm eine Alpenwanderung schmackhaft zu machen. Bärbel Hefter schaute stumm an Gerd vorbei in die Luft. Sie reagierte weder schockiert noch empört, sie reagierte, wie so oft, eigentlich gar nicht.

In den folgenden Wochen beschäftigten sich Gerd und Katja tatsächlich mit der Möglichkeit, dem Verschwinden des Stiefvaters nachzuhelfen, wenn auch, wie sie sich zunächst gegenseitig versicherten, rein theoretisch. Sie gingen das Repertoire bekannter Mordtechniken durch, als handele es sich um einen Bestellkatalog, der zufällig mit der Post ins Haus gekommen ist und herumliegt, bis irgendjemand ihn zur Hand nimmt und absichtslos herumblättert. Die Wahrscheinlichkeit, dass aus dem Zufall ein Kauf hervorgeht, der eigentlich gar nicht beabsichtigt war, ist dabei keineswegs gering. Ein solcher Zufall stellte sich auch in der Geschichte Bärbel Hefters ein. Und zwar in Gestalt eines Mädchens, das im selben Heim wie Katja wohnte, gerüchteweise Drogen konsumierte und auch mit ihnen handelte. Das Mädchen, hieß es, verkaufe unter anderem Ecstasy in Tablettenform. Die Anwendung körperlicher Gewalt trauten die Geschwister ihrer Mutter nicht zu. Dass sie mit einem Messer auf den Ehemann losginge, war sowenig vorstellbar wie die Benutzung einer Schusswaffe. Ganz davon abgesehen hätten Gerd und Katja gar nicht gewusst, wie, wo, auf welchen Wegen eine solche Waffe zu besorgen gewesen wäre. Das stille, im hausfraulichen Wirtschaften wie nebenbei zu erledigende Beimischen von Gift ins Essen schien dem Wesen Bärbel Hefters, nach der Einschätzung ihrer Kinder, am ehesten zu entsprechen. Katja erwarb bei der Drogendealerin vier Tabletten Ecstasy. Eine Dosis, die für tödlich zu halten war. Am Sonntag darauf übergab Gerd die weißen, in Papiertaschentücher eingewickelten Tabletten kommentarlos seiner Mutter. Bärbel Hefter nahm, ebenfalls kommentarlos, die Tabletten, legte sie in eine alte Seifendose und schob diese im Badezimmerschrank ganz nach hinten. Die Gefahr, dass Ralf Bäthe sie dort hätte finden können, war gleich null. Er hatte in den ganzen Jahren mit dem Schränkchen nicht mehr zu tun gehabt, als es zu öffnen und seinen Rasierpinsel herauszunehmen, der dann eingeseift im Waschbecken liegen blieb, bis Bärbel Hefter ihn abends säuberte und zurückstellte.

Einen Monat lang ruhten die vier Tabletten in ihrem Versteck. Bärbel Hefter hatte keineswegs vor, von ihnen Gebrauch zu machen. Sie in den Müll zu werfen konnte sie sich aber auch nicht entschließen. Ab und zu dachte sie an die Tabletten. Es waren Gedanken ohne eine bestimmte Richtung. Die Tabletten, sagte sich Bärbel Hefter, würden von allein in Vergessenheit geraten. Sie würden im Lauf der Zeit wohl außerdem chemisch verderben und irgendwann sowieso ihre Wirkung verlieren. Je länger sie wartete, desto sicherer konnte sie sein, dass die diffusen Signale, die von der Anwesenheit der Tabletten ausgingen, ganz einfach verstummten. Doch es kam anders. Als Bärbel Hefter an einem Abend von der Arbeit nach Hause kam, hörte sie ihren Mann schon in der Wohnungstür nach ihr brüllen. Sie hängte ihre Jacke an die Garderobe im Flur, und er brüllte. Sie ging, ohne ihn zu begrüßen, ins Badezimmer und sperrte von innen zu. Sie setzte sich auf die Toilette und hörte von draußen sein Gerumpel, er schlug an die Badezimmertür, er schrie: »Komm raus, du blöde Sau!« Sie zog die Hose hoch, drückte mit einer Hand die Toilettenspülung und öffnete mit der anderen das Schränkchen. Dann wusch sie sich die Hände, schaute kurz in den Spiegel, trocknete die Hände ab. Sobald sie die Badezimmertür öffnete, würde sie geohrfeigt werden, vielleicht von der Innenhand Ralf Bäthes, vielleicht, was wuchtiger und schmerzhafter war, von seiner schräg durchgezogenen Außenhand. Bärbel Hefter langte nach hinten ins Schränkchen, nahm die Seifenschale heraus, öffnete sie und schob die vier eingewickelten Tabletten in ihren BH. Sie schaute noch einmal in den Spiegel, um zu prüfen, ob sich unter ihrem Pullover eine Beule abzeichnete, dann schloss sie die Tür auf, es kam, wie es zu erwarten war, und sie machte sich an die Zubereitung des Abendessens.

Eine Stunde nachdem Ralf Bäthe zwei große Tassen Kaffee mit je zwei aufgelösten Tabletten darin getrunken hatte, schlief er im Fernsehsessel ein. Bärbel Hefter kam es so vor, als würde er schwächer atmen als sonst. Sie hatte nicht die geringste Idee, wie es weitergehen sollte. Als sie im Morgengrauen die Wohnung verließ, um nach Brandenburg zur Arbeit zu fahren, machte sie um den Sessel einen großen Bogen, wie sie es auch unter anderen Umständen vermied, den schlafenden Mann zu stören, sie schaute auch nicht nach, ob er schlief oder tot war. Sie dachte nicht einmal das Wort tot, sie duckte sich wie in Trance einfach unter der eigenen Handlung weg, nahm ihre Jacke von der Garderobe und verließ die Wohnung. Als sie am Abend zurückkam, war der Ehemann munter und lebendig, schaute Fernsehen, verzehrte seine Brote, trank Kaffee und das war's. Im Lauf des Tages war Bärbel Hefter aus ihrem umwölkten Zustand erwacht, sie hatte sich die Ungeheuerlichkeit ihrer Handlung begreiflich gemacht und war nun umso erleichterter über die unerwartete Schickalswendung, über das Fehlschlagen ihres Gattenmords. Offenbar hatte sie sich wieder einmal zu dumm angestellt, nur erwies sich ihre Dummheit einmal als Glücksfall.

Es vergehen mehrere Monate, bis plötzlich die Polizei bei Bärbel Hefter erscheint. Die Dealerin, die bei ihren Geschäften erwischt worden war, hatte sich gegen den Vorwurf des Drogenhandels mit dem Argument verteidigt, ihren Kunden in Wahrheit gar nicht Ecstasy verkauft zu haben, sondern harmlose, wenn auch stark überteuerte Kopfschmerztabletten der Marke Togal. Um den Schwindel glaubhaft zu machen, hatte sie der Polizei die Namen all jener Kunden mitgeteilt, die auf die Scheindrogen hereingefallen waren. Bärbel Hefters Tochter wird vernommen, schließlich Bärbel Hefter selbst. Zwar hatte sie ihrem Ehemann nur ein Allerweltsmedikament verabreicht, offensichtlich aber mit einer anderen Absicht als der, ihn von Kopfschmerzen zu befreien. Und so kommt Bärbel Hefter wegen versuchten Totschlags vor Gericht.

Sie hat Glück. Nicht nur weil sie mit einer Bewährungsstrafe davonkommt, sondern weil sich ein psychiatrischer Gutachter ausgiebig und interessiert mit ihr befasst hat. Er berichtet von Bärbel Hefters trübem Lebenslauf, vom Stigma der Dummheit, und er berichtet schließlich von den verblüffenden Ergebnissen verschiedener Intelligenztests, denen die Angeklagte sich unterzog. Nun erfährt Bärbel Hefter, stumm, regungslos vor den Richtern sitzend, die grauen Haare in einen Haushaltsgummi gezurrt, dass sie einen IQ besitzt, der weit über dem Durchschnitt der Bevölkerung liegt. Dass sie zu jenen Menschen zählt, die man als hochbegabt bezeichnet, fatalerweise allerdings auch zu jenen Fällen, in denen die Verkennung der Hochbegabung zum konträren Erscheinungsbild, dem der Dummheit führt.

HERR IM HAUS

Rolf Süter hat die Wohnung, in der er mit seiner Frau und zwei halbwüchsigen Kindern lebt, doppellagig mit Fichtenholz ausgekleidet. Rundum. Er begann mit den Wänden, machte sich dann an die Zimmerdecken, zuletzt verkleidete er dem einheitlichen Gesamtbild zuliebe auch die Türen. Als er fertig war, kam es ihm bisweilen so vor, als säße er nun in einer sehr stabilen, wenn auch etwas stickigen Zigarrenkiste. Aber er gewöhnte sich daran, und wenn er sich vorrechnete, dass er durch die enorme Dämmung ein Drittel der früheren Heizkosten sparte, konnte er zum Ergebnis seiner Arbeit nur zufrieden nicken. Außerdem stellt die Holzverkleidung einen Verteidigungswall gegen die Feuchtigkeit dar, die seit geraumer Zeit durch die Gemäuer schleicht und, so empfindet es Rolf Süter, als böses Omen zu verstehen ist.

Denn so langsam sich das Hereinfeuchten auch entwickeln mag, am Ende wäre das Wohnen kein richtiges Wohnen mehr, kein gesichertes Drinsein, sondern ein Zustand, der zum klammen Draußensein tendiert und vom verregneten Zelturlaub oder vom Schlafsackleben auf der Parkbank nicht mehr weit entfernt ist. Am Ende lägen Rolf Süter und seine Familie zwar in ihren Betten, aber in unterkühlte, angenässte Laken gekrümmt, als gäbe es um die Möbel herum nichts als Wind und Wetter. Ein Mensch mit einer feuchten Wohnung steht mit einem Bein in der Obdachlosigkeit.

Reine Spinnerei sind solche Phantasien nicht. Süters Wohnung liegt im Souterrain eines Rostocker Gründerzeithauses, das von vorn passabel aussieht, da die Fassade zwei Jahre nach der Wende renoviert wurde, nach hinten hinaus aber, in den um den Hof gruppierten Gebäudeflügeln, so heruntergekommen ist, dass diese zur Hälfte leer stehen. Offenbar wurde von den wechselnden Besitzern alles, was sich hinter der straßenseitigen Hausfront befindet, dem Verfall anheimgegeben. Es gibt Fenster ohne Scheiben und Wohnungseingänge, bei denen anstelle von Türen kreuzförmig angenagelte Bretter den Zugang verwehren. Ein Anblick der Kapitulation, der Rolf Süter nicht darauf vertrauen lässt, es gäbe irgendeine, die erwartbare Einschimmelung seiner Räume sorgenvoll beobachtende und bekämpfende Instanz. Allerdings hat Süter auch kein Bedürfnis nach einer solchen Instanz. Er ist ein Mensch, der die Dinge, die ihn betreffen, selbst in die Hand nimmt. Im Stich gelassen zu werden birgt ja auch Vorteile. Sowenig wie Rolf Süter den Tag kommen sieht, an dem ein Trupp Handwerker auftaucht, um seine Wohnung auf Vordermann zu bringen, sowenig muss er befürchten, dass ein Anzugträger mit Aktentasche durch seine sechzig Quadratmeter marschiert und ihn von oben herab maßregelt: Herr Süter, Ihre Hobbyschreinerei in Ehren, aber das Zeug muss bis Ende nächster Woche von den Wänden. Süter versteht sich als Kapitän eines Schiffleins, das auf stürmischer See durch Wogen zu steuern, ohne Funkkontakt zum Festland, seine Souveränität herausfordert. Das bringt Mühen mit sich, aber auch die Freude, es mit geschicktem Navigieren allein zu schaffen.

Denn was Rolf Süter, vom Zweckmäßigen abgesehen, an der Holzverkleidung seiner Wohnung, an diesem dicken Innenfutter, zusätzlich befriedigt, ist das Gefühl, eigenhändig eine Art Haus errichtet zu haben. Ein Heim, als dessen alleiniger Besitzer er gelten darf. Ein Holzhaus eben, von den

Maßen her vielleicht nur eine Hütte, bestehend aus zwei Räumen, Küche, Bad. Aber sein Eigentum, von dem lediglich der paradoxe Umstand wegzudenken ist, dass hier ein Haus in einer Wohnung steckt. Müsste er eines Tages ausziehen, würde er – in seinem Kopf liegt ein Plan für diese Operation bereit – die Holzanlage Brett für Brett auseinandernehmen und, weiß der Teufel wo, wieder aufbauen.

Rolf Süter hat auch zwei Bücherschränke mit Glastüren hergestellt und fünf Tabletts, jedes die Miniatur des nächstgrößeren und alles aus gutem Holz. Auf das größte Tablett passt ein ganzes Kaffeeservice, es ist wuchtig wie ein Bauchladen. Und tatsächlich hat sich Rolf Süter schon einmal mit dem Gedanken befasst, wie es wäre, an dem Tablett ein paar Haken einzuschrauben für einen Riemen, den man dann wahlweise einhängen könnte. Das kleinste Tablett ist so klein, dass man damit gerade eine Tasse, ein Milchkännchen und eine Zuckerdose von der Küche ins Wohnzimmer transportieren kann. Auf die Kultiviertheit solcher Sitten legt Rolf Süter großen Wert. Er kann es nicht leiden, wenn von Kaffeetassen feuchte Ränder auf dem Couchtisch zurückbleiben, die die Politur verschandeln. Genauso wenig kann er es leiden, Kaffee aus kindisch bedruckten Porzellanpötten zu trinken, die für Menschen erfunden wurden, denen das Nachschenken zu viel Mühe macht. So jemand kann sowieso einpacken.

Rolf Süter ist ganz einfach entschlossen, ein geordnetes, durchdachtes Leben zu führen, dessen Regeln er sich nicht vom Stand der Haushaltskasse diktieren lässt. Ein Leben mit anständig erzogenen Kindern, denen Fernsehen vor dem Abend verboten ist, mit festen Mahlzeiten, mit Papierservietten, die nach dem Essen untersucht und, falls sie sich ein zweites Mal verwenden lassen, geglättet und neu gefaltet werden. Ein Leben, das von einem Formennetz getragen wird, welches die alles entscheidende Aufgabe erfüllt, den sozialen Absturz aufzuhalten. Und Rolf Süter sieht um sich herum reihenweise Leute stürzen. Er sieht sie beim Einkaufen, wenn sie gegen Mittag in fleckigen, übel ausdünstenden Trainingsanzügen zum Kassenband des Supermarkts schlurfen, Spirituosen, Zigaretten und ein paar Dosen mit billiger Fertignahrung in Plastiktüten verstauen und in ihre Löcher zurückschlurfen. Zombiehafte Gestalten, auf dem Couchpolster Gestrandete, vom Polster kaum mehr zu unterscheidende Absitzer einer Existenz, die über ein paar vegetative Zuckungen in Darm und Magen und dementsprechenden Versorgungstrieb nicht erwähnenswert hinausgeht: zum Kühlschrank hin, vom Kühlschrank zurück, einmal am Tag Gassigehen für den Einkauf. Viel anders ist ein Hund auch nicht in der Welt. Rolf Süter hält Abstand wie zu Viruskranken, wenn er solche Gestalten sieht. Kein »Grüß dich Dieter, wie geht's denn so«, kein Schwatz am samstäglichen Bierausschank neben dem Supermarkteingang, erst recht keine Einladungen in die Wohnung. Er will auch mit den alten Kollegen von der Neptun-Werft, mit denen er zwanzig Jahre verbracht hat, nichts mehr zu tun haben. Bis zu seiner Entlassung war Süter auf der Werft Stapelfahrer. Danach kam beruflich fast nichts mehr. Ein paar Gelegenheitsjobs, ein mattes Hinundherüberlegen seines Arbeitsamtberaters, ob Herr Süter in einer Umschulung unterzubringen wäre. Es war dem Berater offenbar nicht unrecht, dass Süter sich eines Tages nicht mehr blicken ließ. Hierzu kam es, nachdem Rolf Süter zugesehen hatte, wie der Angestellte sich vor seinen Augen in aller Ruhe ein paar Kiwi-Früchte als zweites Frühstück aufschnitt. Die Familie begann daraufhin, auf einen Lkw-Führerschein für Süter zu sparen, er selbst warf sich ins Holzprojekt.

Er arbeitete nicht nach Lust und Laune, sondern im geregelten Acht-Stunden-Rhythmus. Er stand frühmorgens auf, rasierte sich, frühstückte, zog seinen Blaumann an, machte um eins Mittagspause und um halb fünf Schluss. Bis hin zum Gelingen der Ehe hängt nach Rolf Süters Überzeugung alles davon ab, Handlungen und Gewohnheiten, im Grunde das gesamte Alltagssystem, dem Vorbild eines Daseins zu unterwerfen, das vom festen Arbeitsplatz geregelt wird. Zwar hat er eben diesen nicht. Aber er denkt ihn mit. Wie ein Sportler, der immer weiter auf dem Niveau einstiger Leistungen trainiert, obwohl er der Auswahlmannschaft für Wettkämpfe längst nicht mehr angehört. So kommt es nicht in Frage, dass Süter und seine Frau den Gang zum Bäcker gemeinsam abbummeln, nur weil sie dazu genug Zeit hätten. Dass seine Frau ihm plötzlich am Vormittag die Haare schnitte, wozu sie früher auch nur am Wochenende kam. Haareschneiden: samstags. Die Waschmaschine füllen: nach Feierabend. Die Schularbeiten der Kinder kontrollieren: ebenso. Intimitäten: sonntags.

Jede Schludrigkeit, jede Nachgiebigkeit betrachtet er als Falle, die für Leute wie ihn aufgestellt wurde. Impulsives Geldausgaben ist in seiner Situation die Falle Nummer eins. Über Ernährung hinausgehende Einkäufe, wie ein mauvefarbenes Herrenhemd aus Flatterseide, das es im Sonderangebot gab, werden von der Familie nur dann unternommen, wenn zwischen der Besichtigung im Geschäft und der Anschaffung ein oder zwei Tage zum Nachdenken hingegangen sind.

Bei all dem wirkt Rolf Süter, ein kleiner Mann mit wuschligen Locken und breiten Schlagerstarkoteletten, keineswegs verbissen oder vor Strenge unleidlich. Davor bewahrt ihn schon der Gesichtsausdruck, den die Natur ihm mitgab: verschmitzt, fast ein wenig schlaumeierhaft. Jederzeit damit rechnend, dass ihm ein Bein gestellt wird, dass seine Lage sich noch mehr verengt, sichert Süter jeden seiner Schritte nach allen Seiten ab und bewegt sich mit größter Vorsicht durch die Welt. Aber er ist kein vom Misstrauen vergifteter Charakter, Süter ähnelt vielmehr dem Held eines Schelmenromans, der sich mit blitzwachen Blicken durchs Gewühl schlängelt und Vergnügen findet an den eigenen Überlebenstricks. Irgendeiner dieser Tricks dürfte es gewesen sein, der seine Gedanken beschäftigte und ihn ein wenig unaufmerksam machte, als Rolf Süter Anfang August 1992 an einer S-Bahn-Haltestelle auf der Bank saß und von einem leichten Kitzeln am Hals aus seiner Grübelei geweckt wurde. Eine Empfindung, als ginge eine Mücke hinter seinem Ohr spazieren. Rolf Süter machte eine Bewegung mit dem Kopf, um die Mücke zu verscheuchen, und sah drei junge Kerle hinter sich. Einer davon hielt ihm ein Springmesser an den Nacken. »Einen Zwanziger oder ich schlitz dich weg sonst, du Arsch!«, sagte der, der auch das Messer hielt und bei dem Überfall offenbar Regie führte. Rolf Süter erkannte Springerstiefel, schwarze Bomberjacken, kahlrasierte Schädel. In seinem Kopf wurde ein Alarmknopf gedrückt, Sirenenlärm heulte durch die Hirnzellen, Synapsen verhedderten sich, kurz herrschte Chaos. Aber nur für den Bruchteil einer Sekunde. Dann rückte alles zurück in Mannschaftsordnung, und für Rolf Süter stand fest: keinen Pfennig. Die Typen kriegen keinen Pfennig. Das war der Befehl, den er sich gab und dem zu folgen er kompromisslos entschlossen war.

Es war ein Samstag, früher Abend, noch taghell. Die S-Bahn-Linie, die Rostock mit dem Ostseebadeort Warnemünde verbindet, wird vor allem von den Bewohnern der dazwischenliegenden Schlafstädte benutzt, an Wochenenden ist um diese Uhrzeit wenig los auf den Bahnsteigen. Instinktiv rechnete Rolf Süter auch nicht damit, dass irgendjemand ihm zu Hilfe käme. Später glaubte er sich daran zu erinnern, dass rechts und links Menschen, eher Schemen als deutliche Figuren, aus seinem Blickfeld verschwanden. Vermutlich erschrockene Zuschauer, die sich aus Furcht, das nächste Opfer zu sein, oder aus Furcht, in den ihm geltenden Überfall verwickelt zu werden, so schnell und unbemerkt wie möglich davonmachten. Er nahm es ihnen nicht übel. Er hätte, wäre er an ihrer Stelle gewesen, wäre der Kelch an ihm vorüber zu einem Pechvogel auf der Nachbarbank gewandert, genauso gehandelt. Er hätte sich schleunigst in Sicherheit gebracht und dem Zufall für den Vorteil gedankt, nicht Hauptdarsteller, sondern unbeachteter Statist der Angelegenheit zu sein. Er hätte sich dabei keineswegs als Feigling empfunden, den Gefahr nur dann bewegt, wenn der eigene Leib betroffen ist, sondern durchaus als heldenhaft handelnden Mann. Sein Heldentum hätte eben darin bestanden, sich mit allen Kräften um die Hauptsache zu kümmern, um die Sicherheit des Zwanzigmarkscheins, der in der Brusttasche seines Jacketts steckte und der an diesem Samstag die einzige Barschaft der Familie darstellte. Bis zum Montagabend musste die Summe reichen, sie war von Süter schon Mark für Mark im Voraus eingeteilt.

Jetzt, mit der Messerklinge am Hals, fühlte Rolf Süter den gleichen Impuls, dem er als davonschleichender Zeuge gefolgt wäre: den Geldschein zu schützen. Aber er konnte nicht flüchten, er konnte nichts anderes tun, als seinen Körper um den Schein herum anzuspannen, ihn in sich zu verschließen und sich selbst in einen Tresor zu verwandeln, in eine Auster, in deren weicher Mitte die weiße Perle schlummert. Er saß starr da, machte keinen Mucks, vermied jeden unwillkürlichen körperlichen Angstreflex. Nichts durfte von ihm nach draußen dringen, keine Bewegung, die den Schein mitbewegt, von seinem Platz geschoben hätte. Der Typ mit dem Messer brüllte Rolf Süter an, wiederholte seine Forderung: »Einen Zwanziger, du Arsch!«

Warum? Warum genau zwanzig Mark? Sah man Süter an, dass er genauso viel dabeihatte? Stellte er einen typischen Zwanzig-Mark-Besitzer dar? Wie es Menschen gibt, denen man ihre Millionen ansieht, und andere, die, auch ohne zerlumpt zu sein, den Eindruck von Armut erwecken, vermutlich weil Kleidungsstücke verraten, ob sie die einzigen im Schrank sind oder sich in Gesellschaft von Wechselgarderobe befinden. Wie konnte es zu dem irrsinnigen, geradezu magischen Zufall kommen, dass die drei Glatzen exakt die Summe forderten, die Süter dabeihatte? Besaßen sie hellseherische Fähigkeiten? Kannten sie ihn? Wurde er bespitzelt und verfolgt? Süter pfiff seine Gedanken zurück. Er fühlte: Dem Feind gewidmetes Interesse bedeutet Schwächung der Verteidigungskraft. Und diese wuchs Rolf Süter nun umso mehr zu, je stärker sie das Wesen eines mütterlichen, alles andere ausschließenden Schutzinstinkts annahm. Er war eher entschlossen, um den Schein zu kämpfen als um sein Leben, und dies befreite ihn von der Furcht vor Schlägen und Messerstichen, vor Schmerzen und Verletzungen. Hauptsache, das Ding an seiner Brust kam heil davon. Er vergaß sich einfach, und noch im Moment, als die Schläge ihn trafen, er von der Bank herunter auf den Boden gestoßen wurde, Springerstiefel gegen seinen Kopf und seinen Rücken donnerten, empfand er den Triumph, die Dreierbande mit der Darstellung eines stummen Idioten getäuscht zu haben, eines Wurms, der als Geldquelle nicht taugte und sogar zum Hilferufen zu blöd war.

Die drei zogen ab. Rolf Süter blieb in sich gekrümmt auf

dem Boden liegen, bis die Polizei kam, die der Fahrer des nächsten S-Bahn-Zuges gerufen hatte. Und auch als er dalag, galt Rolf Süters Sorge in erster Linie seinem Zwanzigmarkschein, der Sorge, dass ein Schlachtenbummler ihn im letzten Moment noch ausrauben würde. Er tat alles, um nicht in Ohnmacht zu fallen, atmete tief ein und aus, riss die Augen auf, rollte die Pupillen hin und her, summte eine Schlagermelodie vor sich hin. Er erinnerte sich an eine Fernsehdokumentation über den gefährlichen Sekundenschlaf von Autofahrern und an den Ratschlag, Sauerstoff und Singen hielten bei verführerischer Müdigkeit wach.

Sollen die Richter, vor denen Rolf Süter fünf Monate später als Opferzeuge aussagt, sich den Kopf zerbrechen, ob die drei Angeklagten ausländerfeindlich, rechtsradikal oder einfach nur asoziale Schläger sind. Es ist Rolf Süter im Grunde gleichgültig. So gleichgültig wie das Urteil, das den Anführer ins Gefängnis bringt und die zwei anderen mit Bewährung davonkommen lässt. Diese Dinge haben keinen Platz in Süters Planungen.

GOLDENER FREITAG

Edgar Dietz, von der Boulevardpresse Eddi oder Euro-Eddi genannt, musste lernen, dass einen Betrug auszuführen vergleichsweise einfach sein kann gegenüber dem Problem, das anschließende Betrügerleben auch auszufüllen. Eddi landete einen Coup, der so einfach vonstattenging, als hätte er mal eben den Wasserhahn aufgedreht, und schon wäre Geld rausgeflossen. Bis zu diesem Coup arbeitete Eddi bei einer Filiale der Berliner Sparkasse. Er war dort als Kassierer beschäftigt. An einem Freitag ging Eddi nach Geschäftsschluss einfach mit 3,2 Millionen Euro davon. Er war allein in der Bank, die Kollegen befanden sich bereits auf dem Weg ins Wochenende, und Eddi räumte einfach alles ab, was da war: Bargeld und Reiseschecks. Niemand störte ihn dabei, keine Überwachungskamera, keine Sicherheitskontrolle pfuschte Eddi ins Handwerk. Er leerte die Kasse und den Tresor, er leerte die Geldautomaten. Er packte die ganze Beute in Kartons, diese wiederum in eine Reisetasche, er trat durch die Tür, schloss sie pflichtgemäß hinter sich ab, schleppte die Tasche zum Auto und war ein reicher Mann. Jetzt musste Eddi nur noch, wie jeder Laie weiß, möglichst schnell ins Ausland.

Natürlich führte Eddi den Coup nicht aus dem Stand heraus durch. Er hatte ihn lange vorbereitet. Eine Woche vor seinem goldenen Freitag bestellte Eddi bei der Zentrale der Bank eine Million Euro, angeblich um den Tresor aufzufüllen. Die Million kam, Eddi räumte sie schon mal zur Seite, ohne die Summe abzubuchen. Dann verschaffte er sich Kenntnis über den Code, mit dem die Geldautomaten zu öffnen waren, auch dies mit einem recht anspruchslosen Trick. Er täuschte eine technische Störung an einem Automaten vor und schaute dann dem Kollegen, der den Code anwenden durfte – er selbst, Eddi, hatte die Hoheit über den Schlüssel –, unbemerkt beim Eintippen des Codes zu. Als der Freitagabend naherückte, spielte Eddi den Liebenswürdigen, der es auf sich nimmt, als Letzter in der Bank zu bleiben, damit die lieben Kollegen pünktlich wegkommen. Das war alles, wenn auch keineswegs vorschriftsgemäß. Eigentlich mussten die Kassierer immer zu zweit sein, wenn sie an den Tresor gingen, die Geldautomaten öffneten, erst recht, wenn sie bei Geschäftsschluss die Kasse abrechneten. Aber bei Eddi machten die Vorschriften eine Ausnahme. Als Inbild des unscheinbaren, ja ersterbend harmlosen Biedermannes, dessen einzige Leidenschaft Korrektheit zu sein scheint, war Eddi über jeden Verdacht erhaben. Er war der Typ des Angestellten, an den Chefs sofort denken, wenn sie einen Blöden brauchen, um ihn für eine unangenehme Sache ins Vertrauen zu ziehen. Und nur, weil er in der Bank als Milchbubi galt, als der harmloseste Mensch unter der Sonne, konnte es dazu kommen, dass Eddi an einem Freitagabend allein in den Räumen des Geldinstituts wirtschaftete, als handele es sich um eine Metzgerei, wo der Lehrling nach Feierabend die Wurstvitrine poliert, während alle anderen tschüs sagen.

Alles an Eddi ist blass, dünn und reduziert, als wäre die Natur bei seiner körperlichen Ausstattung besonders sparsam vorgegangen. Eddi kann anwesend sein, ohne überhaupt bemerkt zu werden. So jemand traut man wenig und schon gar nicht die märchenhafte Unverschämtheit zu, sich bei der Bank des eigenen Arbeitgebers zu bedienen wie in der Chipstüte zu Hause auf der Couch. Eddis stengelhafter, leicht gebeugter Gestalt fehlt es an Fleisch und Muskeln, das Kopfhaar ist auf halbem Weg zur Glatze, die Wangen fallen nach innen, die Augen liegen in Höhlen. Ungesund wächsern, bubenhaft vergreist wie Eddi ist, würde jede Krankenkasse ihn sofort auf Erholung schicken. Eddi mag bisweilen davon geträumt haben, auszusehen und aufzutreten wie ein toller Hecht, dem die Mädchen scharenweise nachlaufen. Dass niemand ihn für einen solchen Hecht hielt, gereichte ihm als Millionenbetrüger indes zum Vorteil.

Bis zu diesem Tag lief Eddis Leben nach außen hin im ereignislosen Trott. Er hatte in der DDR eine Banklehre begonnen und sie nach der Wende in West-Berlin beendet. Er lebte bis zum Alter von sechsundzwanzig Jahren im Haushalt seiner Eltern, und als er auszog und sich eine eigene Wohnung nahm, blieb im Grunde genommen alles beim Alten, denn die Wohnung lag im selben Haus, nur ein Stockwerk darüber. Wäsche und Verköstigung besorgte weiter seine Mutter. Einmal im Jahr leistete er sich einen Urlaub in einer Pension im Schweizer Kanton Thurgau, und da Eddi sehr an seiner Großmutter hängt, nahm er sie in die Schweiz immer mit.

Von dieser Reizarmut träumte sich Eddi verständlicherweise weg. Das wäre jedem anderen genauso gegangen. Der Unterschied war nur: Eddis Wünsche spielten sich in phantastischen Größenordnungen ab. Für Eddi gab es nur die Alternative zwischen höchst bescheiden und höchst unbescheiden, er war geschaffen fürs Doppelleben. In seiner Brust schlugen zwei Herzen. Neben dem braven gab es auch den tollkühnen Eddi, der sich kostspielige, potente Fahrzeuge leistete, einen Chrysler Voyager und ein Motorrad der Marke Honda, und Kontakte zur brandenburgischen Rockerszene unterhielt. Am Wochenende stieg Eddi in schwere Lederklamotten und schoss auf seiner Honda über die Landstraßen.

Am Montag früh stand er wieder, blasser als blass, hinter dem Schalter der Sparkasse.

Am Morgen des Freitags, an dem Eddi zum Bankbetrüger wurde, war er, was er sonst nicht tat, mit seinem Chrysler zur Arbeit gefahren, hatte den Wagen aber ein paar Straßen von der Sparkasse entfernt geparkt. Nachdem er die Reisetasche mit Geld und Schecks im Kofferraum verstaut hatte, fuhr er ohne Unterbrechung von Berlin nach München. Er kam gegen Mitternacht an und stellte den Chrysler in einer Tiefgarage in der Münchner Innenstadt ab. Dort wurde Eddi von einem Mann namens Harro Grosse erwartet. Es handelte sich um eine der zwei Personen, die Eddis Coup mit der Aussicht auf großzügige finanzielle Teilhabe flankierten. Harros Schwester Irmgard diente als zweite Komplizin. Optisch waren die Geschwister kaum zu unterscheiden. Sie trugen Piercing-Ringe in den Augenbrauen, flochten ihre Haare im Nacken zu langen Zöpfen und verfügten über einen Körperbau von beeindruckender Wuchtigkeit. Gemeinsam betrieben sie in Kiel den auf germanische Runen und keltische Embleme spezialisierten Tattoo-Laden »Death Metal«, der sich nebenbei als Treffpunkt norddeutscher Halbwelt etabliert hatte. Eddi benötigte die beiden nicht nur aus praktischen Gründen, er benötigte sie auch seelisch. Gespiegelt in den Augen der Kieler Kiezfiguren gewann sein Beutezug an Selbstverständlichkeit. Drei Mille? Einfach so? Ohne Bruch und Risiko? Besser geht's gar nicht. Reine Sünde, die drei Mille nicht zu holen.

Kennengelernt hatte Eddi das Geschwisterpaar beim jährlichen Rockertreffen im brandenburgischen Biesenthal, einem nordöstlich von Berlin gelegenen Örtchen. Zwischen Bier und Honda kam Eddi mit den Grosses ins Gespräch. Er redete erst ein bisschen vage herum, von wegen Finanzlage im Allgemeinen und Vertrauenssache im Speziellen, und kam, da sein Projekt bei den zwei Kielern sofort auf starkes Interesse stieß, konkret zur Sache. Ein paar Wochen später traf man sich zu dritt noch einmal in einem American Diner in Berlin. Nun wurden Nägel mit Köpfen gemacht, Termin und Uhrzeiten festgelegt, der Rest, so die Kieler, ergäbe sich dann von selbst. Die Kombination aus Eddis Professionalität als Bankangestellter und den kriminellen Vorerfahrungen, deren sich die Kieler rühmten, war, was man ideal nennt. Die Lässigkeit der beiden beruhigte Eddi in der Planungsphase. Denn ganz frei von Zweifeln am eigenen Wahnwitz war Eddi, der von der Welt nichts kannte außer dem Thurgau, keine Fremdsprache beherrschte und noch nie in einem Flugzeug gesessen hatte, natürlich nicht.

Mit der Zeit störte Eddi die Nonchalance der Komplizen allerdings mehr und mehr. Es begann schon in der Münchner Tiefgarage. Eddi war alles andere als erfreut, als er in das Auto von Harro Grosse umstieg und bemerkte, dass sich auf der Rückbank eine ihm unbekannte Person befand. Das widersprach der Abmachung, welche lautete: keine weiteren Mitwisser, kein Getratsche in der Szene. Eddi war nicht nur verärgert, weil er sich übertölpelt und als Kopf der Operation respektlos behandelt fühlte. Er war plötzlich auch enttäuscht, irgendwie vom ganzen Coup. Denn dieser sollte ja wohl keinem anderen Zweck dienen, als Eddi raketenartig in die Umlaufbahn von Freiheit und Luxus zu befördern, in die Sphäre schwereloser Problemlosigkeit. Stattdessen spürte Eddi, dass der Coup schon jetzt Widerstände entwickelte, dass ihn ungeahnte, unkontrollierbare Probleme nach unten zogen. Eddi hatte die 3,2 Millionen Euro geklaut, um sich selbst, einem kleinen Angestellten, der zu allem ja sagt, zu entkommen. Nach ein paar Stunden im Besitz des Geldes befand er sich prompt in eben dieser Lage. Er musste ja sagen, obwohl ihm die Person auf der Rückbank überhaupt nicht passte. Zum Neinsagen war es zu spät. Harro Grosse stand neben der Fahrertür, grinste Eddi schief an und ließ ihm keine Wahl.

Abgesehen davon ging Eddi die dritte Person schon von ihrer Erscheinung her auf die Nerven. Im schwachen Licht konnte er nicht erkennen, ob es sich um einen Mann oder eine Frau handelte. Die Kleidung, schwere, schwarze Lederjacke mit wuchtigen Silberketten und Silberringen, ließ auf einen Rocker schließen. Das Gesicht indes und die abscheuliche Frisur auf eine Punkerin. Der Schädel der Person war bis auf einen grüngefärbten, nach oben abstehenden Haarriegel kahlrasiert. Eddi hatte nicht vorgehabt, die erste Reise seines neuen Lebens in Gesellschaft einer Witzfigur zu verbringen, die ihm von Harro Grosse als seine neue Freundin vorgestellt wurde. Die Witzfigur sagte »Hallo« und steckte sich, was Eddis Laune den Rest gab, eine Zigarette an. Nach objektiven Besitzverhältnissen rangierte er hier als Millionär, dem es zusteht, chauffiert zu werden. Nur sah es subjektiv in diesem Moment ganz anders aus. Eher so, als müsste Eddi dankbar sein für die Genehmigung, sich bei einem Liebespärchen ins Auto quetschen und seine Reisetasche in den Kofferraum legen zu dürfen. Eigentlich wollte Eddi erst bei der Ankunft in Kiel Harro Grosse ausbezahlen. Jetzt drängte es ihn förmlich, seinen Besitz vorzuführen. Beim ersten Halt an einer Autobahnraststätte öffnete er unter den Augen der Reisegefährten den Kofferraum, zog den Reißverschluss der Tasche in voller Länge auf, holte wie ein Bäcker, der nach Gefühl Mehl aus den Säcken holt und in den Teig mischt, ein Bündel Scheine heraus und reichte es Harro Grosse. Ein zweites Bündel steckte er sich in die Hosentasche. Dann besann er sich, langte noch einmal zu und reichte der Witzfigur gönnerhaft ein etwas kleineres Bündel hin, wofür auch immer. Erst als sie zögerte, die Scheine anzunehmen, begriff Eddi, dass Harro Grosses Freundin bis dahin keine Ahnung gehabt hatte, welchem Zweck die Reise galt, und dass sie mit einem Bankräuber im Auto saß. Jetzt wusste sie es, durch Eddi selbst. Er langte noch einmal in die Tasche, holte ein weiteres Bündel Scheine heraus und reichte es weiter. Dabei entging ihm, dass er mit diesem konfettihaften Austeilen seiner Beute ein Verhaltensmuster schuf, das den leichtfertigen Umgang mit den 3,2 Millionen auch künftig bestimmen sollte. Die Reisetasche sollte im Lauf der Zeit zur Haushaltskasse von »Death Metal« werden, bei der sich jeder, der mochte, nebenbei bediente.

Die Fahrt endete am Samstagmorgen in Kiel. Eddi, physisch nicht der Härteste und Schlaflosigkeit nicht gewohnt, konnte sich vor Müdigkeit kaum mehr auf den Beinen halten. Er trank im »Death Metal« ein paar Tassen Kaffee und rüstete sich für die nächste Fluchtetappe. Irmgard Grosse händigte Eddi ein Sortiment gefälschter Pässe und Papiere aus, denen gemeinsam war, dass sie Eddi älter und zu einem gebürtigen Westler machten, und brachte ihn noch am selben Vormittag mit dem Auto nach Dänemark. Vor der Abfahrt verteilte Eddi noch einmal reihum kräftig Geld an die Geschwister und Harros Freundin, nahm sich selbst eine Summe von ungefähr 100 000 Euro aus der Reisetasche und ließ diese in einer Ecke des Hinterzimmers von »Death Metal« stehen. Mit einer größeren Barschaft, so seine Überlegung, wäre er bei einer möglichen Grenzkontrolle sofort verdächtig. Eddi fuhr mit Irmgard in das dänische Städtchen Aarhus und mietete dort eine Ferienwohnung für ein halbes Jahr. So lange wollte Eddi zunächst in Dänemark untertauchen, um dann das eigentliche Luxusleben in Angriff zu nehmen.

Dass einem Millionendieb nichts Besseres einfiel, als eine Wintersaison lang in einer trostlosen dänischen Feriensiedlung zu schmoren, anstatt in der Südsee auf den Wolken des Hedonismus zu schweben, trug im Nachhinein zu Eddis öffentlichem Image als liebenswertes, aber törichtes Schlitzohr bei. Die Polizei suchte Euro-Eddi eineinhalb Jahre lang im großen Ermittlungsstil: Sonderkommission, Interpol et cetera. Die Bank setzte eine Belohnung von 100 000 Euro aus. Die Fahndung konzentrierte sich indes auf ferne exotische Länder. Offensichtlich ist es schwer, sich einen steinreichen Betrüger anders vorzustellen denn unter Palmen lümmelnd, Schweißperlen wegfächelnd und sich unentwegt bunte kühle Drinks zuführend. Genauso wollte Eddi späterhin auch leben, nur eben nach einer gewissen Übergangs-, man kann auch sagen: Eingewöhnungsphase ins Wegsein. Dänemark, so darf man annehmen, stellte in Eddis Welt vertrautes Gebiet dar, eine Art nördliches Pendant zur Schweiz. Geografisch, sprachlich, kulturell und gastronomisch so nah an der Heimat, dass Eddi sich zwar faktisch im Ausland befand, von den Herausforderungen der Fremde aber verschont blieb.

Die Monate, die Eddi in Aarhus verbrachte, lassen sich in einem Satz zusammenfassen: Er ging durch die Hölle der Langeweile. Er hatte mit niemand Kontakt, er saß in der Ferienwohnung, schaute aus dem Fenster in diesige Landschaft, schaute Fernsehen, schaute zum Fenster zurück. Ab und zu telefonierte er mit den Kieler Komplizen, ab und zu bekam er Besuch von Irmgard, die ihm jeweils ein neues Geldbündel mitbrachte. Irmgard blieb dann ein paar Tage, um Eddi Gesellschaft zu leisten und mit ihm Stunde um Stunde Canasta zu spielen. Sie hatte regelrecht Mühe, sich nicht anmerken zu lassen, wie sehr ihr diese Stippvisiten aufs Gemüt schlugen und welche Unlust es ihr bereitete, einen Sparkassenangestellten aufzuheitern, der auch mit ein paar Millionen im Rücken nicht von seiner Gewohnheit abließ, alle zwei Tage seine Zahnbürste in einem kleinen Topf auf dem Herd keimfrei abzukochen. Immerhin lebten die Grosses und wohl noch ein paar andere Gestalten in der Zwischenzeit auf großem Fuß, fuhren nagelneue Motorräder und Autos, kauften Grundstücke und Wohnungen und bedienten sich hierfür aus Eddis Reisetasche. Irgendwann war sie wohl einfach leer.

Im Frühjahr entschloss sich Eddi zum zweiten Mal, sein Leben radikal zu verändern. Er fuhr, ohne den Kielern Bescheid zu sagen, nach Kopenhagen. Er mietete in der Kopenhagener Innenstadt eine Wohnung von 180 Quadratmetern, er ließ alles installieren, was auf dem Markt für Unterhaltungselektronik zu Höchstpreisen zu haben war, er kleidete sich neu ein, er nahm für kleinste Wege ein Taxi, er trank Champagner – bei Weinen kannte er sich nicht aus –, und er besuchte Nachtbars. Zum ersten Mal empfand er den Vorteil, sehr viel Geld zu haben, bis ins Innerste. Eddis Probleme, attraktive Frauen kennenzulernen, erledigten sich mit zwei großen Scheinen, die er eines Abends einem Barmann hinlegte. Der Barmann verstand, fragte Eddi nach seiner Adresse, und am nächsten Abend standen drei einschüchternd aufgedonnerte, nicht ganz solide gekleidete Däninnen vor seiner Wohnungstür. Es waren nach Eddis Geschmack zwei zu viel. Eddi verbrachte die halbe Nacht mit konspirativen Manövern, deren Ziel darin bestand, die, wie ihm schien, netteste und unbescholtenste der Frauen aus dem Dreierpack herauszuschmieden, sie für ein späteres Arrangement zu gewinnen und gleichzeitig die zwei anderen loszuwerden. Eddi wollte ja nicht unhöflich sein. Auf die Idee, dass sich mittels Bezahlung geschlechtliche Wünsche so direkt formulieren lassen wie der Wunsch, geschlechtlich in Ruhe gelassen zu werden, kam Eddi nicht. Für ein paar Wochen hatte Eddi anschließend mit der Nettesten ein Verhältnis. Er genoss es und war zugleich enttäuscht. Zunehmend wurde Eddi sich als Mann im Luxusleben zum Problem. Er wusste nicht recht weiter.

Ein Jahr nachdem Eddi mit 3,2 Millionen aus der Berliner Filiale der Sparkasse verschwunden war, kehrte er aus freien Stücken nach Deutschland zurück. Er kam reibungslos über die Grenze. Er trug inzwischen einen Schnauzbart, hatte sich die Haare lang wachsen lassen und blond gefärbt. Von unbekannten Großstädten hatte Eddi genug, Kiel kam außerdem schon deshalb nicht in Frage, weil er dort nur den Tattoo-Laden »Death Metal« kannte, aber weder mit seinen ehemaligen Komplizen noch mit deren Milieu zu tun haben wollte. Eddi ging – niemand kann erklären, aus welchem Antrieb heraus – nach Wülknitz. Dies ist der Name einer kleinen Ortschaft in Sachsen-Anhalt, und hier schien Eddis Dasein sich endlich in den ersehnten Zustand von Glück und Freiheit zu fügen. Tatsächlich sieht Eddi auf den Fotos aus der Wülknitz-Zeit höchst zufrieden, gekräftigt, körperlich und seelisch gesättigt aus. Eddi steht mit beiden Beinen fest auf der Erde. Er trägt ein großkariertes, über die Hose hängendes Holzfällerhemd. Er wohnte in der Pension »Zur Sonne«, schlief in einem Bett mit Bauernmalerei, saß abends in der Wirtsstube, verzehrte deftige Hausmannskost und fand in der jungen Köchin seine große Liebe. Eddi erzählte ihr, er sei auf der Suche nach Arbeit zufällig nach Wülknitz geraten. Da es ihm wichtig war, keine weitere Lüge zwischen sich und die geliebte Frau kommen zu lassen, suchte er tatsächlich Arbeit. Er fand sie bei einer Abrissfirma in der nahen Kreisstadt Köthen. Eddi arbeitete nun körperlich hart und merkte mit Erstaunen, wie gut es ihm gefiel. Er war einem Kleinbürgerleben entflohen und in einem Kleinbürgerleben angekommen, das sich von ersterem nicht durch seine Form, aber sein Wesen unterschied. Eddis Coup endete so bilderbuchhaft, wie er begonnen hatte. Vermutlich war es eine Kellnerin, die aus Eifersucht auf das Glück der Köchin Eddi bei der Polizei anschwärzte, ohne feste Anhaltspunkte. Erst die folgenden Ermittlungen ergaben, dass es sich bei Eddi um den langgesuchten Berliner Bankangestellten handelte.

Vor Gericht ist Eddi der artigste Angeklagte, den man sich vorstellen kann. Er gibt auf jede Frage ausführlich Antwort, er bereut zutiefst. Er beteuert, über den Verbleib des Hauptteils seiner Beute nichts zu wissen und von dieser nichts mehr zu besitzen. Das Gegenteil ist ihm nicht nachzuweisen. Die beiden Komplizen, die ebenfalls angeklagt sind, würdigt er keines Blickes. Ob Eddi doch noch einen Trumpf im Ärmel, irgendwo ein paar Geldbündel verbuddelt hat, die er nach seinen Jahren im Gefängnis auszugraben gedenkt, ist seinem blassen Gesicht unmöglich abzulesen.

NICHT BUMMELN

Wenn Sonja Hück eine neue Wohnung bezieht und über die Aufteilung der Räume nachdenkt, legt sie Wert darauf, dass ein Raum, wie klein er auch sein mag, als Gästezimmer herausspringt. Das Wort beschreibt den Zweck allerdings nicht ganz richtig, denn es sind nicht nur menschliche Besucher, die Sonja Hück in diesem Raum unterbringt, sondern auch, oder sogar vor allem, bestimmte Gegenstände: all jene, die sich gleichsam auf Durchreise, auf dem Weg aus der Wohnung hinaus oder in sie hinein befinden und zu den fixierten Gegenständen des Haushalts ein Verhältnis wie Touristen zu Einheimischen einnehmen.

In dem speziellen Raum verwahrt Sonja Hück Garderobe, die demnächst in die Reinigung soll, defekte Elektrogeräte, Schuhe mit schiefgetretenen Absätzen, die zur Reparatur gebracht werden müssen, Geschenke, die sie für Freunde besorgt hat und bis zum Tag der Übergabe zwischenlagert. Oder Geschenke, die sie selbst erhalten, an denen sie aber keinen Geschmack gefunden hat, oder die sie zu unnütz findet, um sie zu behalten. Schrill bemalte Vasen, die Sonja Hück bei nächster Gelegenheit loswerden will, treffen in der Transitschleuse der Wohnung auf unbeantwortete Post, auf neugekaufte Kleidungsstücke, die eventuell wieder umgetauscht werden, aber auch auf Flugtickets und Reiseunterlagen. Denn auch sie gehören zur Gruppe der Objekte, die darauf warten, befördert, erledigt, einem Ziel zugeführt zu werden, und somit dem Prinzip der Separation unterliegen.

Natürlich folgt dieses Prinzip in erster Linie Sonja Hücks Bedürfnis nach klaren Verhältnissen. Unordnung hat bei ihr keine Chance. Droht an irgendeiner Ecke ihres Hausstands Durcheinander zu entstehen, verhindert sie dies augenblicklich. Entdeckt sie eine Unregelmäßigkeit im Gesamtbild, schreitet sie ein. Ihre Gewürze stehen im Regal über der Küchenspüle in einer militärischen Reihe, die sie regelmäßig kontrolliert, indem sie mit dem ausgestreckten Zeigefinger wie mit einem Lineal an den Gewürzdöschen entlangfährt.

Aber von Ordnungspflege abgesehen, gibt es wohl noch einen anderen Grund, weshalb Sonja Hück die im Wartezustand verharrenden Dinge in ein Zimmer sperrt. Was sie außerdem verhindern will, ist nämlich, dass eben dieser Zustand auf den Rest der Wohnung atmosphärisch abfärbt, womöglich auf das Leben, das sie mit ihrem Mann darin führt. Denn Warten, das ist nichts für Sonja Hück, nicht im Großen, nicht im Kleinen. Dasitzen, der Zeit hinterherschauen, ist ihr völlig fremd. Sie lebt mit dem Schwung von Menschen, die eine Aktion übergangslos an die nächste knüpfen, einen Tag nach dem Skiurlaub abends am Küchentisch sitzen und erfüllt von neuer Vorfreude in Reisekatalogen der Sommersaison blättern. Wenn Sonja Hück weiß, dass ihr nach dem Heimkommen von der Arbeit, dem Umziehen, Joggen, Duschen bis zum Kinobesuch am Abend noch eine halbe Stunde bleibt, fallen ihr sofort fünf Beschäftigungen ein, die sich in dreißig Minuten perfekt hineinschmiegen lassen. Sie bügelt schnell noch ein paar Blusen, führt die überfälligen Telefonate mit ihrer Mutter in Lörrach, ihrer Schwester in Stuttgart, ihrer Cousine in Ulm. Oder sie schreibt nach den Rezepten des englischen Starkochs Jamie Oliver die Liste all der Lebensmittel auf, die sie für eine am übernächsten Samstag geplante Essenseinladung benötigt. Wenn sie es jetzt macht, muss sie es in der kommenden Woche nicht mehr tun, und unter den vielen Freuden, die Sonja Hück dem Leben abgewinnen kann, steht das Gefühl des Getanhabens recht weit oben. Sonja Hück, eine zierliche, zugleich drahtige Frau, die nach sechs Stunden Schlaf putzmunter und stetig gutgelaunt ist, nicht durch besondere Schönheit, aber durch energische Ausstrahlung und einen hellen, anlachenden Blick sofort auf sich aufmerksam macht, ist geschaffen fürs Anpacken, fürs Handeln. Um sich schauend, die Realität betrachtend mit ihren Vorteilen und Nachteilen, fühlt sie Tatendrang. Hervorragend könnte sie in einem Werbespot als Konsumentin eines Produkts auftreten, ein ruck-zuck wirkendes Grippemittel beispielsweise, dessen Haupteigenschaft Effizienz ist.

Von Beruf ist sie Chefsekretärin und sie ist es gern. Wenn sie die Treppen des Bürogebäudes hinauf- und hinunterrennt, nimmt sie zwei Stufen auf einmal, an guten Tagen drei. Auf den Fluren flitzt sie wie ein Moped, das sich im Stau durch Autokolonnen schlängelt, an ihren Kollegen vorbei und grüßt mit wedelnder Hand nach hinten. Die Tür ihres Büros steht meistens offen, wer vorbeigeht, kann sie telefonieren hören, ihr eine Bemerkung zurufen, eine Insel zum Rückzug braucht sie nicht. In der Mittagspause legt sie ein paar Minuten die Beine auf den niedrigen Computertisch und schaut aus dem Fenster zu den Giebeln der Altstadt. Lange hält sie es nicht aus in ruhiger Position. Schon springt sie auf, geht zum Schrank, holt ihr Toilettenetui aus der Handtasche, stellt sich vor den Wandspiegel, zieht den Lippenstift nach, toupiert am Hinterkopf die Strähnen ihrer kurzen Haare. Kollegen, deren Arbeitslaune im Lauf des Vormittags abgekühlt ist, zieht es in der Mittagspause fast automatisch zum Büro von Sonja Hück, um sich in ihrer Nähe seelisch aufzuwärmen. Sie stehen im Türrahmen, schauen ihr beim Hantieren zu, stellen irgendwelche Fragen, damit Sonja Hück zu plaudern beginnt, oder sie machen einen Witz, um das Feuerwerk ihres Gelächters zu entzünden. Sie lacht mit dem ganzen Körper, der Oberkörper schnellt nach hinten, die Beine knicken ein, als hätte jemand ruckartig an einem Teppichläufer gezogen, auf dem Sonja Hück gerade steht. Ihr Wesen könnte das einer übertüchtigen Streberin sein, gäbe es nicht diese Ausbrüche von Temperament, diese plötzliche, görenhafte Unbekümmertheit.

Sonja Hück lebte in Stuttgart, arbeitete bei Mercedes-Benz und teilte sich mit ihrer Schwester eine geräumige Wohnung im Stadtteil Degerloch, als sie Mitte der achtziger Jahre im Sommerurlaub auf der griechischen Insel Samos einen norwegischen Ingenieur kennenlernte und sich in ihn verliebte. Norwegen? Was sollte sie da? Dass sie Schwaben verlassen und ins Ausland gehen würde, das stand für Sonja Hück damals fest. Aber sie hatte an England, an Amerika oder an Asien gedacht. Sie sah sich in einem Londoner Großraumbüro mit kochendem Betrieb, sie sah sich in einem roten Doppeldeckerbus über die Themse fahren, sie konnte sich vorstellen, in New York klein anzufangen oder sich dem Wahnsinn von Shanghai auszuliefern. Sie konnte sich an allen möglichen Orten vorstellen, Hauptsache ihre Namen klangen nach Aufregung und Bewegung. Der Name Norwegen schnitt da eher schlecht ab. Er klang in Sonja Hücks Ohren nach düsterer Folklore, stillen Angelausflügen am Wochenende und melancholisch verhockten Kaminabenden. Aber sie war in den norwegischen Ingenieur nun mal sehr verliebt, es war eine unumstößliche Tatsache. Und auch das Anfreunden mit Tatsachen, das Akzeptieren von Gegebenheiten, um das Beste aus ihnen zu machen, entspricht Sonja

Hücks Wesen. Sie zögerte nicht, kündigte bei Mercedes-Benz und zog, drei Monate nachdem sie den Norweger kennengelernt hatte, in seine Heimatstadt Bergen, wo er in der Werftindustrie beschäftigt war.

Nach weiteren drei Monaten hatte sie fast vergessen, dass sie nicht gebürtige Norwegerin war. Das Leben in dem skandinavischen Land gefiel ihr rundum. Tatsächlich unternahm sie an fast allen Wochenenden mit der Freundesclique des Ingenieurs Ausflüge aufs Land, übernachtete in Blockhütten, verzehrte frischgefangenen, über dem Kaminfeuer gebratenen Fisch, wanderte durch endlose Wälder. Nur erwiesen sich diese Ausflüge als keineswegs still und besinnlich. Was Geselligkeit und Lautstärke betraf, konnten sich die Norweger, wie Sonja Hück entzückt feststellte, mit den Neapolitanern messen. Die norwegische Trinkfestigkeit verblüffte sie ebenso wie die lockeren und kameradschaftlichen Umgangsformen in der Firma, für die sie, nachdem sie Intensivsprachkurse absolviert hatte, zu arbeiten begann. Norwegische Chefs, so schien es ihr, unterschieden sich von deutschen Chefs vor allem durch die Vermeidung sichtbarer und spürbarer Überlegenheit. Sie saßen ohne Krawatte hinter dem Schreibtisch, ließen sich von der Sekretärin nicht mit Kaffee bedienen, sondern kochten ihn selbst, aßen wie jeder andere Angestellte in der Betriebskantine zu Mittag, erkundigten sich nach den Familien der Mitarbeiter und waren jederzeit so selbstverständlich ansprechbar, als sei ihre Position auf der obersten Sprosse der Hierarchie nichts weiter als eine formale Nebensächlichkeit. Als Sonja Hück im Herbst 1991 heiratete, lud sie ihren Chef zur Hochzeit ein. Er brachte seine Frau und seine Kinder mit, er nahm sogar an der Party am Vorabend der Trauung teil, die in Norwegen den Namen »Utdrikkingslag« trägt und sich vom deutschen Polterabend insofern unterscheidet, als das Hauptritual nicht im Zerschlagen von Geschirr, sondern im Austrinken zahlreicher Flaschen Alkohol besteht.

Ein Jahr später bezog Sonja Hück mit ihrem Mann in Bergen ein Haus, das sie gekauft und eigenhändig renoviert hatten. Es lag direkt über einem Fjord, von der Terrasse aus sah man auf kristallklares Wasser, dessen Kälte allerdings selbst im Hochsommer das Baden nur mit Überwindung erlaubt hätte. Ein Nachteil, der Sonja Hück jedoch nicht weiter störte, sondern ihr das Gewässer eher noch sympathischer machte. Die Eigenschaften des Fjords stellten in ihren Augen einen Kompromiss dar, wie vieles in der Realität, und da Sonja Hück diese rundherum bejaht, mochte sie auch den Fjord und seine Nachbarschaft. Die währte allerdings nicht lang. Sonja Hück war gerade dabei, Umzugskartons auszupacken und sich das Leben in den Räumen des neuen Hauses auszumalen, als an einem Freitagabend im Winter 1992 das Telefon klingelte und sie das Angebot erhielt, für einen norwegischen Konzern, der kurz zuvor eine in Mecklenburg-Vorpommern gelegene Schiffsbauwerft übernommen hatte, nach Deutschland zu gehen. Als gebürtige Deutsche war Sonja Hück die ideale Besetzung für den Posten der Chefsekretärin. Ihrem Mann stand eine Stelle als Werftingenieur in Aussicht, ihr selbst ein Gehalt von fast doppelter Höhe ihres derzeitigen Verdienstes.

Die Pragmatikerin in Sonja Hück wusste sofort, dass sie einen solchen Karrieresprung nicht verpassen durfte. Die Göre in ihr fand Geschmack an der Verrücktheit, die gerade aufgeschlagenen Zelte wieder abzubrechen, und dass sie nur bis zum darauffolgenden Montag Zeit hatte, sich zu entscheiden, kam ihrer Vorliebe für flottes Handeln entgegen. Schon am Samstagmorgen stand ihr Entschluss, nach Deutschland zu gehen, fest. Sie würde übersiedeln in die deutsche Kleinstadt Wismar, von der sie kaum mehr wusste, als dass sie an der Ostsee lag. Aber das war mit Bergen nicht anders gewesen. Lediglich ein Faktor störte sie am neuen Lebensplan: der deutsche Osten. Sie hatte schon früher keinen Fuß auf den Boden der DDR gesetzt, in ihrer Phantasie handelte es sich um ein düsteres und hinterhältiges, irgendwie unterirdisches Territorium, in dem sich haufenweise Spione herumdrückten und dessen Charakter sich in dem Wort »Schießbefehl« zuspitzte. So gesehen erlebte Sonja Hück nach ihrer Übersiedlung eine glückliche Überraschung. Sie kam in ein freundliches, geruhsames Städtchen, wenn sie sich aus dem Fenster ihres neuen Büros im vierten Stock der Werftverwaltung lehnte, konnte sie auf die Wismarbucht sehen. Am Schreibtisch hörte sie die Schreie der Möwen. Nach der Arbeit joggte sie am Wasser entlang, im Handumdrehen fand sie ein paar Kilometer von Wismar entfernt ein Haus im Grünen. Dem Fjord war nicht nachzutrauern.

Viele der Aufgaben, die sie auf der Werft zu erfüllen hatte, erwiesen sich bald als eher diplomatischer denn bürokratischer Natur. Knut Helmer, der neue norwegische Geschäftsführer, war besten Willens, gegenüber der deutschen Belegschaft alles Benehmen zu vermeiden, das sich als typisches Auftrumpfgebaren hätte interpretieren lassen. Die Tür zu seinem Büro mit einem langen ovalen Konferenztisch in der Mitte war meistens geöffnet, auf dem Tisch standen zwei mit Kaffee und Tee gefüllte Thermoskannen, daneben Türme von Plastiktassen. Wer auch immer eine Frage an den Chef oder den Wunsch hatte, ein Anliegen mit ihm persönlich zu besprechen, sollte ermuntert werden, dies ohne Schwellenscheu zu tun. Leicht fiel es den Mitarbeitern jedoch nicht, sich diesen legeren Stil anzugewöhnen, unangekündigt im Chefzimmer zu erscheinen, sich einfach an den Tisch zu setzen und bei den Thermoskannen zu bedienen, als wären sie bei der eigenen Verwandtschaft zu Besuch. Es ergaben sich verwirrende Situationen, Missverständnisse, bei deren Aufklärung Sonja Hück von Tag zu Tag die Rolle einer Übersetzerin einnahm, indem sie den Deutschen einerseits erklärte, wie in Norwegen gedacht und gearbeitet werde, und Knut Helmer andererseits, dass seine Untergebenen sich an der Spitze eines Wirtschaftsunternehmens womöglich etwas anderes vorstellten als einen Mann von siebenunddreißig Jahren, der morgens in Jeans und Pullover erschien, gern über Kinofilme plauderte und den Wunsch verspürte, mit jedem der Werftarbeiter, den er entließ, am ovalen Chefzimmertisch ein menschliches Privatgespräch zu führen. Sie übersetzte nicht nur die Bedeutung von Verhaltensweisen, sie übersetzte auch unermüdlich von einer Sprache in die andere. Denn so sensibel sich Knut Helmer auf seinen Einsatz in Ostdeutschland auch vorbereitet hatte, mit dem Mangel an Englischkenntnissen, den er selbst bei den höheren Angestellten antraf, hatte er nicht gerechnet. Sonja Hück wiederum nicht damit, im Schlepptau ihres Chefs zähe Konferenzen über technische und wirtschaftliche Themen zu dolmetschen. Dass bei diesen Gelegenheiten jeder auf Deutsch geäußerte Satz von ihr auf Norwegisch wiederholt werden musste und umgekehrt, sich somit der ganze Redevorgang zeitlich verdoppelte, ließ in Sonja Hück im Lauf der Monate das Gefühl entstehen, von einer allgemeinen Verlangsamung geknechtet zu werden. Es überfiel Sonja Hück ein regelrechter Hunger nach zackiger Erledigung.

In dieser Stimmung entschloss sie sich am Ende eines Arbeitstages, ein Paket mit nach Hause zu nehmen, in dem sich ein nagelneuer Tischkopierer befand. Er war zwei Wochen vorher mit einem Dutzend anderer Kopierer geliefert worden. Aber er wurde nicht gebraucht, er war ganz einfach überzählig, ein nutz- und heimatloses Etwas, ohne Zukunft, ohne Auftrag, abgestellt im Büro der Chefsekretärin, weil er ja irgendwo hinmusste. Das Zusammensein in einem Raum mit dem Paket, von dem mürbe Friedhofsstimmung auszugehen schien, schlug Sonja Hück aufs Gemüt, und sie folgte, als sie es mitnahm, dem spontanen Impuls, das Paket samt Kopierer in Bewegung zu versetzen, zum Leben zu erwecken und es dahin zu bringen, wo es sinnvollerweise hingehörte, in ihr Gästezimmer. Keinen Moment hatte sie vor, den Kopierer für sich zu behalten. Keinen Moment kam sie auf die Idee, dass ihr Tun von außen betrachtet einen Diebstahl darstellte, Diebstahl am Arbeitsplatz. Nur konnte sie dies, als das Fehlen des Pakets bemerkt wurde, nicht plausibel erklären.

Sonja Hück wurde entlassen. Das Arbeitsgericht, bei dem sie Klage einreichte, vermochte ihrem Argument, sie habe sich um den Kopierer nur kümmern wollen, nicht zu glauben und wies ihre Klage ab. Ein halbes Jahr später fand Sonja Hück im Stadtzentrum von Wismar eine neue Stelle. Sie wurde Sekretärin beim Stammhaus eines großen deutschen Warenhauskonzerns.

SYMBIOSE

Ihr Zuhause ist die Enge, darüber hinaus gibt und gab es nicht viel. Vier Jahre lang haben sich Holger Dreh und Frank Hieber im Gefängnis eine Zelle geteilt. Sie teilten das Waschbecken und die Toilette. Sie teilten sich das Kofferradio, von dem sie am Ende ihrer Haftzeit gar nicht mehr wussten, wem es ursprünglich gehört hatte. Sie sahen sich beim Aufwachen und hörten sich beim Einschlafen. Sie kannten jede Stimmung, jede Bewegung des anderen so instinktiv genau, wie vielleicht nur Eltern ihre eigenen Kinder kennen. An der Art, wie Holger Dreh das Besteck hielt, konnte Frank Hieber Drehs Appetit auf den Bissen genau abschätzen und somit, wie viel für ihn von dessen Portion übrigbleiben würde. Umgekehrt wusste Holger Dreh ohne zu fragen, wenn den Freund der alte Fußschmerz plagte. Er hörte es an Hiebers Atmung. Dann nahm er ihn am Arm, setzte ihn hin, zog ihm Schuhe und Socken aus und massierte ihm die Füße. Es war einer von vielen eingeübten Vorgängen, die sich wortlos abspielten.

Die beiden Männer waren sich liebevoll zugetan. Sie kümmerten und sorgten sich umeinander. Sie verspürten nicht das geringste Bedürfnis, sich aus der erzwungenen Nähe in abgegrenzte Nischen und eigenen Besitz zu retten, wie es die meisten Haftinsassen tun. Ihre Rettung bestand vielmehr darin, ihre Symbiose immer weiter zu vertiefen. Sie begannen, auch Geld und Zigaretten miteinander zu teilen. Sie verwuchsen in ihren paar Quadratmetern selbst zu einer

Art menschlichen Zelle. Sie sahen, wenn sie den anderen anschauten, sich selbst, und es war ganz logisch, dass daraus Verwechslungen entstanden, wie beispielsweise diejenige, die ihre Sexualität betraf. Holger Dreh ging stillschweigend davon aus, dass Frank Hieber homosexuell war, und bot sich ihm an, obwohl es seinen Trieben keineswegs entsprach. Er dachte dann eben an Frauen. Er wollte den Freund davor bewahren, in die Schwulenszene der Haftanstalt zu geraten. Davon abgesehen empfand er Eifersucht bei der Vorstellung, Frank Hieber könnte außerhalb der gemeinsamen Zelle intim werden. Der gleiche Gedankengang brachte Frank Hieber wiederum dazu, sich mit Holger Dreh einzulassen. Von ihm aus hätte das nicht sein müssen. Aber dem anderen zuliebe: in Gottes Namen. So wurden sie, eher zufällig, auch ein Liebespaar, das sich selbst im erotischen Missverständnis noch spiegelte.

Äußerlich haben sie allerdings keine Ähnlichkeit. Frank Hieber wirkt mit seinen dunklen, in die Stirn gekringelten Locken smart, jungenhaft, biegsam. Er besitzt eine bestimmte Art männlicher Anmut, und er weiß, dass sie auffällt. Holger Dreh ist zwar nur drei Jahre älter, aber seine ermüdete Erscheinung, die eingesackten Schultern, die langen dünnen Haarsträhnen, die schwarzen Schatten unter den Augen machen ihn zu einem Mann, dessen Lebenskurve sich zu neigen scheint. Überdies trägt er eine Brille mit dicken, die Pupillen optisch verkleinernden Gläsern, die das fahle Gesicht noch mehr zum Verschwinden bringen. Holger Dreh war auch in der Haft innerlich müder, resignierter als Frank Hieber. Er saß auch schon länger ein. Ihm war das Bild der Außenwelt entglitten. Er stellte sich nichts Gutes unter einem Leben ohne Zelle vor. Wenn es nach ihm gegangen wäre, hätten sie hier bleiben können, mit dem Radio, den vierhändigen Alltagsverrichtungen, den Fußmassagen, dem kurzen sexuellen Stöhnen einmal die Woche. So übernahm Hieber den Optimismus, der Dreh abging. Hieber, der auch als Erster entlassen wurde, stellte den Plan für ein gemeinsames Leben in einer gemeinsamen Wohnung auf.

Da er mit größeren Hoffnungen umging, war er tiefer enttäuscht, wenn sie sich nicht erfüllten. Wenn Frank Hieber die Nerven verlor, kam es vor, dass er sich selbst körperlich verletzte. Er ohrfeigte sich, schlug den Kopf gegen die Wand, betrachtete diese Misshandlungen im Nachhinein aber als Schmerzen, die Holger Dreh ihm zugefügt hatte. Dann beschimpfte er ihn, schlug – wie er glaubte – zurück, und erst dann schlug Dreh, um sich zu wehren, tatsächlich zu. Hinterher stritten sie stundenlang darüber, wer wann welchen Schlag ausgeführt hatte und gegen wen. Sie unterschieden nicht mehr richtig zwischen den Worten »ich« und »er«. Seit sie in einer Zweizimmerwohnung aneinanderklebten, verwischten die Grenzen noch mehr, wurden sie sich noch ununterscheidbarer. Wer von beiden war denn nun der Säufer? Bekümmert und zornig beobachtete Hieber, wie sich Drehs Alkoholkonsum steigerte. Dreh wiederum litt, wenn er merkte, wie Hieber sich Tag für Tag zusoff. Sie sahen die leeren Bierflaschen, kickten sie vorwurfsvoll über den feuchtfleckigen Teppichboden und waren sich insgeheim gar nicht sicher, wem der Vorwurf, die ganzen Flaschen ausgetrunken zu haben, eigentlich galt.

Sicher ist, dass es Holger Dreh war, in dessen Hand sich das Messer befand, das Frank Hieber in der Lendengegend traf und so schwer verletzte, dass ihm eine Niere und die Milz entfernt werden mussten. Sicher ist auch, dass sich außer den beiden Männern keine andere Person in der Wohnung befand, als es zu dem Vorfall kam. Aber der Rest? Die genauen Umstände, der Ablauf? War es überhaupt ein Kampf? Oder war es eine Umarmung mit unglückseligem Ausgang? Oder beides gleichzeitig? Niemand weiß es. Sicher ist nur: Es war das Ende einer Eskalation, die am Nachmittag eines 23. Dezember begonnen hatte, am Vorweihnachtstag. Dreh hatte Hieber losgeschickt, um Weihnachtseinkäufe zu machen. Hieber sollte nach einer halben Stunde zurück sein, aber es dauerte zwei Stunden, bis er kam. Dreh wartete, er steigerte sich ins Warten hinein. Da sie nur einen gemeinsamen Wohnungsschlüssel besaßen, konnte er Hieber auch nicht suchen gehen. Dreh überfiel ihn mit Anschuldigungen. Hieber rastete aus. Er tobte gegen sich, er schlug seinen Arm gegen die Wand, stärker als üblich. Er musste ins Krankenhaus. Dreh wartete wieder. Gegen elf kam Hieber endlich zurück, er hatte einen Gipsverband am Arm.

Wieder gibt es Streit. Jetzt ist es Dreh, der explodiert. Hieber will ihn beruhigen, sich mit ihm versöhnen, er geht auf ihn zu, will ihn umarmen. Plötzlich hat Dreh ein Messer in der Hand. Dann: ruckartige Bewegungen von beiden. Vielleicht stach der eine zu, und der andere machte, um auszuweichen, eine seitliche Wendung. Oder der eine zog den anderen versöhnlich zu sich heran und geriet dabei in die Schneide des Messers.

Als Holger Dreh den Freund am Boden liegen und Blut aus ihm herauslaufen sieht, handelt er im Sturm. Er reißt ein Handtuch aus dem Schrank und presst es zum Blutstillen auf die Wunde, schnürt noch einen Gürtel um Hiebers Hüfte, damit das Handtuch hält. Er schreit in den Hausflur um Hilfe, er klingelt bei den Nachbarn, damit sie einen Arzt, Feuerwehr oder die Polizei anrufen, und bis sie da ist, hält er den Kopf des Freundes im Schoß und fleht ihn an: »Halte durch, halte durch, es tut so weh.«

Das Gericht spricht Holger Dreh frei. Frank Hieber entlastet den Freund so überzeugend er nur kann, und beide sind sich einig, dass die Tat keine Tat, sondern die fatale Folge gemeinsamen Ungeschicks war.

FAST SCHON KRIMINELL

Ohne Manfred Hitzker will Astrid Klein ihren Lebensabend nicht verbringen, egal, was er noch alles anstellt, was ihm noch einfällt an Blödsinn. Egal, wie er ihr zusetzt. Ohne Manfred Hitzker wäre es im Heim so still und ereignislos wie auf dem Friedhof. Mit Manfred Hitzker ist es zwar anstrengend, sowohl für die Partei des Heimpersonals als auch für die Partei der Heimbewohner. Aber immer wenn es darum geht, dass Manfred Hitzker wegen seiner Verrücktheit und seines anarchischen Gebarens aus dem Heim entfernt werden soll, stehen die Bewohner hinter ihm wie die Wahlkampftruppe eines Präsidentschaftskandidaten hinter ihrem Mann. Hitzker, zweiundsiebzig Jahre alt, ist der Quälgeist des Seniorenheims Benvita und als Anstifter des Dauertumults, in dem sich die kommunale Institution durch ihn befindet, ihre seelische Mitte.

Manfed Hitzkers Spezialität ist das Blockieren von Türen. Wo jemand durchwill, steht er im Weg, quasselt, belehrt und missioniert. Hitzker stellt sich breitbeinig in die Tür zwischen Küche und Essensausgabe, stemmt die erhobenen Arme gegen den Türrahmen und bellt so lange Tiraden zum Thema Tierschlachtung und primitiver Fleischverzehr in den Raum, bis zwei Pfleger kommen und ihn aus dem Türrahmen wegreißen. Stunden später pflanzt er sich am Eingang zur Behindertentoilette auf und predigt in durchdringender Lautstärke gegen die Ausbreitung von Aids, gegen Sex vor der Ehe und gegen die Loveparade. Dazu macht er obszöne Gesten und lässt, wenn sich die übliche erschrockene Zuschauerschar um ihn gebildet hat, die Zunge zwischen den geöffneten Lippen hin- und herschlackern. Wieder muss das Personal eingreifen, Hitzker entfernen und die Nervenschwachen, deren Blutdruck beim Anblick des versauten Schauspiels abgesunken ist, auf die Zimmer begleiten. Gern blockiert Manfred Hitzker auch den Fahrstuhl, indem er auf den Alarmknopf drückt und ihn festhält, am liebsten vor den Mahlzeiten. In Panik, das Essen zu verpassen, folglich das wichtigste Ereignis im Tagesablauf, warten die Heimbewohner nicht, bis die durch die geschlossene Fahrstuhltür mit Hitzker geführten Verhandlungen ein glückliches Ende erreichen und der Fahrstuhl sich wieder bewegt, sondern machen sich voller Ungeduld und Panik zu Fuß auf den Weg. Die zittrige Karawane bewegt sich über zwölf Stockwerke abwärts und verwandelt das Treppenhaus in einen tumultösen Nebenschauplatz des Hauptdramas am Fahrstuhl. Es kommt zu Staus und Stockungen, zu riskanten Überholmanövern, zu Streitereien über das angemessene Verkehrsverhalten bei einem solchermaßen improvisierten Talabtrieb.

Die Mahlzeiten selbst, die in einem mit Resopaltischen möblierten und mit Neonröhren grell beleuchteten Kantinenraum eingenommen werden, sind ohne kollektiven Nervenkitzel, ohne die Erwartung, was Hitzker diesmal aus seinem Repertoire hervorholt, überhaupt nicht mehr denkbar. Meistens erscheint er als Letzter, wenn alle anderen schon sitzen und sich für die jeweiligen Wetterlagen bereitmachen, die Hitzkers unberechenbares, heftig umschlagendes Temperament beherrschen. An heiteren Tagen kann es sein, dass er einfach nur von Tisch zu Tisch geht, Operettencharme versprüht und als Gentleman alter Schule Handküsschen an die Damen verteilt. Oder er spielt den Clown, rutscht auf Knien zu seinem Platz und bettelt beim Personal mit schiefgelegtem Kopf und verstellter Kinderstimme um Schokoladenpudding. Ziehen hingegen Gewitterwolken auf, ist vor Hitzkers Zornesausbrüchen nichts sicher. Er hat schon Stühle zertrümmert, Besteckkästen zu Boden geworfen, Suppenterrinen umgekippt und aus den Lachen eines Eintopfs mit bloßen Händen die Fett- und Fleischstücke herausgefischt, um sie wie indianische Totenkopftrophäen auf Gabeln aufzuspießen und mit zum Himmel gereckten Händen seine üblichen Fluchreden gegen die Fleischfresserei loszulassen.

Natürlich macht Astrid Klein bei solchen Exzessen nicht aktiv mit, das heißt, sie agiert nicht an der Bühnenrampe. Aber sie wirkt im Hintergrund. Sie ist Manfred Hitzkers wichtigste Verbündete im Geiste, sein Sancho Pansa, seine verlässliche Mit- und Gegenspielerin, je nach Situation. Sie ist nicht so verrückt wie er, besitzt jedoch einen entwickelten Sinn für ruhestörende Späße. »Das Fleisch schmeckt nicht«, ruft Astrid Klein beispielsweise, wenn Hitzker wieder einmal den fanatischen Vegetarier gibt und auf ein Stück klebrige Rindsroulade auf dem Teller seines Tischnachbarn losgeht. »Jetzt bringt er sich um!«, meldet Astrid Klein dem Personal, wenn Hitzker die Tür zur Toilette im Erdgeschoss von innen mit einem schräggestellten Besenstiel verrammelt hat, wissend, dass die Aktion von Astrid Klein beobachtet wurde und in seinem Sinn von ihr weiterbetrieben wird.

Einmal stand Manfred Hitzker nachts um drei vor der Wohneinheit von Astrid Klein im fünften Stock und klopfte sie wach, um ihr eine Blume zu schenken. Astrid Klein nahm die Blume und warf die Tür zu. Dann besann sie sich und ging eine Viertelstunde später ihrerseits zur Wohneinheit von Manfred Hitzker im achten Stock, um die Blume zurückzugeben. Sie wolle seine blöden Geschenke nicht, blaffte sie ihn an, und schon gar nicht wolle sie als alte kranke Frau zu einer unsittlichen Zeit mitten in der Nacht von einem Geisteskranken aus dem Schlaf gerissen werden. Während die zwei Heimbewohner hocherregt über Anstandsfragen stritten, lief der weiße Pudel von Astrid Klein durch die offene Tür in Hitzkers Zimmer, was diesen auf die Idee brachte, die Tür von innen zu schließen und den Hund nicht mehr herauszulassen. Astrid Klein ging schnurstracks zum Nottelefon des Heims, rief erst die Feuerwehr, dann die Polizei an und meldete den Eintritt einer gigantischen Katastrophe, beteuerte kreischend, im Seniorenheim Benvita befänden sich Wesen in unmittelbarer Lebensgefahr. Noch lange danach beglückte sich Astrid Klein mit der Erinnerung an das Bild, wie sich gegen vier Uhr morgens der Hof des Seniorenheims mit blinkenden Polizei- und Feuerwehrautos füllte und Rettungsmannschaften aus den Wagen ins Haus stürmten. Wenn, so die Logik der achtundsiebzigjährigen Astrid Klein, der Staat schon mit Rente und Hüftgelenken geizt, kann er wenigstens hin und wieder ein paar hübsche junge Beamte zum Anschauen und Plaudern vorbeischicken. Das Remmidemmi, die Durchsuchung des Gebäudes nach einem möglicherweise doch existierenden Brandherd, die langwierige Befragung Astrid Kleins durch Polizisten, die Ankunft des Heimleiters, die Befreiung des Pudels und die herrlich anzusehende Abfahrt der Wagenkolonne zog sich bis in die Frühstückszeit hin. Beendet war der Ausnahmezustand damit natürlich nicht. Den ganzen Tag über setzten Astrid Klein und Manfred Hitzker ihre Scharmützel fort, erzählten in immer neuen Versionen den Hergang des Dramas und brachten die Seniorenschaft von Benvita dahin, sich in Meinungsfraktionen zu spalten und an der Aufarbeitung der Schuldfrage rege zu beteiligen. Kurzum: Wieder war ein Tag der grausamen Monotonie des Heimalltags entrissen, und zu verdanken war das schaurige Amüsement wieder einmal einzig und allein Manfred Hitzker.

Er gilt offiziell als nervenkrank. Die Medizin diagnostizierte an Manfred Hitzker schon in seinen jungen Jahren eine schizophrene Psychose. Sein Kopf beherbergt neben dieser indes auch einen gesunden Pragmatismus, der ihm im Leben half, weder zu verwahrlosen und in der Gosse zu landen, noch sein Dasein als Klinikpatient zu fristen. Er fand regelmäßig Ärzte, die es gut mit ihm meinten und ihn in erträgliche psychiatrische Wohngemeinschaften einbetteten. Und er fand Lebensgefährtinnen, die ihn, wenn er wegen seiner Unleidlichkeit aus den Wohngemeinschaften flog, auf eigenes Risiko zu sich nahmen. Waren Geduld und verliebte Fürsorge solcher Samariterinnen aufgezehrt, ließ Manfred Hitzker sich für eine Weile wieder in eine Klinik einweisen, wo er sich dann unauffällig genug zu benehmen wusste, um nach einiger Zeit entlassen und erneut in die Hände einer Sozialstation oder einer karitativ gestimmten Dame übergeben zu werden. Die Dramaturgie seines Lebens ähnelt dem Nomadentum eines Asylanten, der zwischen einer Handvoll Ländern hin- und herreist, weil er in jedem nur befristetes Aufenthaltsrecht genießt. Ins Seniorenheim kam Manfred Hitzker ganz einfach deshalb, weil er alt genug war, dorthin abgeschoben zu werden, und weil er gelobte, seine beruhigenden Medikamente einzunehmen. Eine der Stimmen, die er hört, verbietet ihm dies allerdings bisweilen, und an den Tagen, an denen er dieser Stimme gehorcht und die Tabletten ins Klo spült, wird Hitzker zum Unsicherheitsfaktor. Feuerrot vor Zorn beschimpft er die Mitbewohner schon beim Frühstück als »Idiotenpack« und spuckt Kaffee über den Tisch.

An einem solchen Tag wurde Astrid Klein von Manfred

Hitzker geohrfeigt. Sie wollte morgens um sieben ihren Pudel Gassi führen, stand an der Eingangstür des Heims und kam nicht hinaus, weil Hitzker wieder einmal den Durchgang okkupiert hatte. Sie schubste ihn ein bisschen, es kam zu einer kleinen Rangelei und Manfred Hitzker schlug der Freundin mit der flachen Hand ins Gesicht. Hitzker war von seiner eigenen Handlung so erschrocken, dass er beiseitetrat. Die Tür war frei, und Astrid Klein setzte mitsamt dem Pudel ihren Weg fort. Als Manfred Hitzker sah, wie sie auf dem Trottoir davonspazierte, kochte er über. Er rannte ihr nach, packte sie von hinten und schleuderte sie auf die Straße. Astrid Klein fiel auf die Fahrbahn und wäre um ein Haar von einem Auto überfahren worden.

Manfred Hitzker wurde wegen gefährlicher Körperverletzung angeklagt und steht nun vor Richtern, die entscheiden müssen, ob er wegen seiner Geisteskrankheit überhaupt schuldfähig ist. Wenn nicht, würde er endgültig in die Psychiatrie einrücken, folglich nicht mehr nach Benvita zurückkehren. Dies sucht die Hauptzeugin der Anklage, die geschädigte Astrid Klein, nach besten Kräften zu verhindern. Für den Auftritt vor Gericht, den sie ziemlich genießt, hat sie sich schick gemacht, ihr korpulenter Körper steckt in einer weißen Häkeljacke, ihre aufgetürmten Haare werden von bunten Schleifen verziert, an ihren Ohren hängen schwarze Plastikkugeln. »Ach was, Ohrfeige«, spielt Astrid Klein den Vorfall herunter, »das war doch schon nach einer Stunde vergessen.« – »Aber Ihre Backe war doch geschwollen und Sie mussten zum Arzt«, setzt der Richter nach. Astrid Klein kichert. »Was heißt geschwollen, ich bin insgesamt geschwollen, das sieht doch jeder.« Ob Manfred Hitzker sich bisweilen, will der Richter wissen, tatsächlich für Jesus halte. Astrid Klein reißt es vor Lachen fast aus dem Zeugenstuhl. »Der und Jesus, oh, ist das komisch, der ist so normal wie Sie und ich.« Die Gutachterin regt an, Manfred Hitzker in Zukunft Psychopharmaka in Form von Depotspritzen zu verabreichen, da er Tabletten bekanntlich ins Klo spült. So kommt es, dass Hitzker schuldfähig gesprochen und zu einer Bewährungsstrafe verurteilt wird. Arm in Arm kehrt er mit Astrid Klein ins Seniorenheim zurück.

BESESSEN

Es war mehr als Liebe, es war Verfallenheit auf den ersten Blick. Als Karl Kestner die Frau seines Lebens zum ersten Mal sah, reagierte er wie die Pupille eines geblendeten Auges. Seine ganze Person zog sich zusammen zu der Überzeugung, dass diese Frau für ihn gemacht war und er sie haben musste. Auf der Rückseite des Jagdfiebers, das Karl Kestner beim Anblick Ginas ergriff, brach die sehnsüchtige Bereitschaft hervor, sich ebenso restlos auszuliefern und erbeuten zu lassen. Es kam ihm vor, als begänne jetzt sein Leben, als hätte es bis dahin keines gegeben. Er ging auf die sechzig zu, als er Gina traf.

Karl Kestner wurde zwei Jahre nach dem Beginn des Zweiten Weltkriegs in Wien geboren, seinen Vater kannte er nicht, er lernte ihn auch später nie kennen. Er gehörte mal dem Haushalt seiner Mutter an, mal dem seiner Großmutter und keinem Haushalt richtig, im Grunde wuchs er auf der Straße auf. Dass er seine erste richtige Heimat in einer Bande krimineller Halbstarker fand, ergab sich aus diesem Sich-selbst-Überlassensein. Er war kaum erwachsen, als er zum ersten Mal ins Gefängnis kam, er hatte versucht, mit einem gestohlenen Auto über die Grenze nach Italien zu fahren. Nach der Haftentlassung ging er nach Deutschland, nach Berlin. Er arbeitete als Hilfsarbeiter, er heiratete, kam wieder in Kontakt mit Halbweltmilieu, wurde wieder kriminell, wurde immer gewalttätiger. Dies war der Kreislauf seiner Existenz. Was es über sie zu erzählen gibt, ist nichts anderes als eine ununterbrochene Abfolge von Verbrechen und Strafe. Karl Kestner tötete im Lauf seines Lebens drei Menschen, zwei Ehefrauen und einen Haftinsassen, und er verbrachte bis zu seinem Tod mehr Zeit in Haftanstalten und Sicherheitsverwahrung als in Freiheit. »Ungebildet« ist für das Wesen Karl Kestners nicht ganz der richtige Begriff, obwohl er in Wien tatsächlich nur fünf Jahre die Schule besuchte, mit dem Lesen und Schreiben Mühe hatte. Seine Unbildung betraf nicht nur sein Wissen, sie betraf die tieferen Etagen des Menschlichen, die Instinkte und Emotionen. Der Art, wie sie sich unkontrolliert äußerten, wie Karl Kestner blindlings seinen rohen Impulsen folgte und ebenso seinen zarten, entspricht eher das Wort »primitiv«.

Kestner war auch Häftling, als er Gina kennenlernte, aber er war bereits Freigänger. Tagsüber arbeitete er auf einer Baustelle, abends kehrte er ins Gefängnis zurück, am Wochenende waren ihm Ausgänge gestattet. An einem Samstagnachmittag besuchte er seinen Sohn Mario. Er traf auf eine alkoholisierte Runde, die sich um einen mit Aschenbechern, Knabberzeug und Spirituosen gefüllten Wohnzimmertisch versammelte, vier Männer und eine Frau, Gina. Dass sie Trinkerin war, kann Kestner kaum entgangen sein. In der rechten Hand hielt sie ein mit Schnaps randvoll gefülltes Glas, in der linken ein Glas Rotwein. Ihre Arme lagen verschränkt auf den Oberschenkeln, in ihrer Benommenheit verwechselte sie die Seiten, nahm einen Schluck Schnaps und schaute verwundert in den Rotwein. Er hätte auch sehen können, dass Gina die Freundin seines Sohnes war, dessen Hand spannte sich um Ginas Nacken. Er hätte aus der Art, wie Gina ihren Körper kokett und fordernd einsetzte, aus einer gewissen Schamlosigkeit schließen können, dass sie Erfahrung darin hatte, die Freundin verschiedener Männer zu sein. Er hätte sich auch seine Situation vor Augen führen können, die Situation eines Mannes, der sich nach über zwei Gefängnisjahrzehnten in eine haltlose, noch immer attraktive Verführerin verknallte, die sich ihm gegenüber im Verhältnis einer Schwiegertochter befand. Gina war eine Generation jünger als Kestner. Nichts von alldem erreichte ihn, bremste seine Gier und sein Glücksgefühl, als er merkte, dass Gina auf ihn ansprach. Sie passten zusammen, ihre Lebenskatastrophen ergänzten sich auf Anhieb, was Karl Kestner mit romantischer Fügung verwechselte.

Als er endgültig aus der Haft entlassen wurde, zog er noch am selben Tag bei Gina ein. Er begriff es als männliche Ehrensache, sie aus der Verwahrlosung zu erretten. Man kann sagen: Er übernahm die Herrschaft über ihr Leben wie ein Kidnapper über das Leben seines Opfers. Ebenso kann man sagen: Er unterwarf sich ihr als Sklave. Er öffnete die Fenster, wenn die Wohnung in Zigarettenqualm und Parfümschwaden erstickte, er führte Gina morgens ins Bad, stützte sie beim Waschen und Anziehen, beim Frühstück hielt er ihr die Kaffeetasse an den Mund, fütterte sie mit zurechtgeschnittenen Weißbrotstückchen, bis sie einigermaßen nüchtern war und zur Arbeit gehen konnte. Gina arbeitete, ungern und gelangweilt, damals noch als Verwaltungsangestellte. Abends fuhr Kestner mit dem Staubsauger durch die Wohnung, kochte, spülte, räumte die leeren Flaschen weg, versteckte die vollen, blieb so lange wach, bis Gina endlich Ruhe gab und schlief.

Er beglich ihre Schulden; Mietschulden, Kneipenschulden, Schulden in Kleiderboutiquen, Schulden beim Bäcker, beim Metzger, bei Bekannten. Karl Kestner hatte im Gefängnis mehrere tausend Euro Arbeitslohn angespart. Das Geld war nach einem Monat verbraucht. Nun machte er Überstunden, legte Nachtschichten ein, hetzte manchmal in den nächtlichen Arbeitspausen kurz in die Wohnung, nur um nach Gina zu sehen. Er ging immer erregter, rigoroser, bezwingender mit ihr um. Er schüttete Schnaps, Wein und Bier in den Ausguss des Spülbeckens, bevor er abends zur Arbeit ging. Er nahm den Wohnungsschlüssel mit und sperrte Gina ein. Wenn er in der Morgendämmerung zurückkam, war seine erste Handlung, am Atem der Schlafenden zu riechen, ob sie doch noch getrunken hatte, dann öffnete er die Packung mit Präservativen und zählte nach, ob eines fehlte. Die Vernunft hätte Kestner sagen können, dass Gina ohne Schlüssel weder einen anderen Mann hereinlassen noch nach draußen gehen konnte, um Alkohol zu besorgen. Aber was er an Vernunft je besessen hatte, entfernte sich nun endgültig von ihm.

Es kam vor, dass er Gina schlug. Anschließend erklärte er ihr, es sei zu ihrem Besten, anders käme sie nicht von der Flasche weg, auch züchtigende Eltern, die sich aus Liebe solche Maßnahmen abringen, hätten dafür gute Gründe. Er wütete ins Leere wie ein Kettenhund, als er sah, dass all dies Gina nicht beeindruckte, egal, was er für sie und mit ihr tat. Alles an ihr sprang ihn als Provokation an, reizte ihn zu glühender Liebe und glühender Aggression. Gina war kindisch und ordinär im selben Moment. Sie muss die Macht, diesen Mann in den Irrsinn zu treiben, indem sie sich vor seinen Augen ruinierte, ausgekostet haben. »Dann sauf ich mich eben tot«, sagte sie, wenn Kestner darum bettelte, dass sie wenigstens ein Stück eingeweichtes Brot aß. Wenn sein unterwürfiges Betteln ins Gegenteil, ins Tyrannische umschnappte und den angedrohten Schlägen am Ende wirkliche folgten, schnitt sie überhebliche Grimassen und sagte: »Na dann bring mich halt auch um, du Mörder!« Wenn Gina bereit war, mit ihm zu schlafen, traten Kestner Tränen in die Augen vor dünnhäutiger Seligkeit.

Irgendwann hörte Gina auf, zur Arbeit zu gehen. Sie kündigte nicht, sie meldete sich nicht krank, sie blieb einfach zu Hause, schlief am Vormittag ihren Rausch aus, machte sich am Nachmittag zurecht, trieb sich herum. Kestner drohte den Wirten der Kneipen, von denen er annahm, dass sie dort an der Bar saß und, wie sie es vor seiner Zeit gemacht hatte, so lange flirtete, bis sie zum Trinken eingeladen wurde. Er drohte den Männern, die Gina kannten: Wer sie anfasst, beißt ins Gras. Gina auch tagsüber einzuschließen wagte er nicht.

Ein Jahr nachdem Karl Kestner Gina kennengelernt hatte, heirateten sie. Ein weiteres Jahr später warf Gina ihn von einem Tag auf den anderen aus der Wohnung. Als er am Abend von der Arbeit kam, stand die Tasche mit seinen Sachen im Hausflur, in der Wohnungstür war ein neues Schloss. Kestner wartete eine Nacht, einen Tag und eine weitere Nacht auf der Treppe, dann klapperte er Ginas Stammlokale und die Adressen von Leuten ab, bei denen ihre flatterhafte Unterhaltsamkeit beliebt war. Sie hatte ja Charme, wenn sie wollte, nüchtern auch Anmut. Kestners Sohn sagte: »Frag doch mal den Micha. Ich hab sie mit dem Micha gesehen.« Kestner kannte ihn, er war einer der Männer, in deren Runde er Gina kennengelernt hatte. Aber Micha war nicht zu finden.

Karl Kestner geriet in immer düsterere Wogen, trieb innerlich ab. Er war nun ohne Obdach, ohne feste Wohnadresse, er war vorbestraft, seine deutsche Staatsbürgerschaft stand auf dem Spiel. Zumindest empfand er es in seiner Lage so. Es kam ihm so vor, als verstieße ihn die Stadt, die Ginas Zuhause war, nun ebenfalls, da Gina ihn verstieß. Die Welt besaß ihr Gesicht. Was er darin las, entschied über sein Verhältnis zu jedem Gegenstand, jedem Ereignis. Ginas Launen, Ginas

Handlungen kamen über Kestner mit der Absolutheit der Natur, wie Sonnenaufgang und Sonnenuntergang. Wandte sie sich ihm zu, wurde es hell, wandte sie sich ab, herrschte Dunkelheit. Er musste sie überhaupt nicht leibhaftig sehen, um auf die Wünsche und Befehle zu reagieren, die ihr Gesicht auszudrücken schienen. Da sie jetzt sein Verschwinden befahl, stieg Karl Kestner in Berlin in den Zug und fuhr nach Wien, in seine Kinderheimat.

Zwei Monate lang arbeitete er in der Umgebung von Wien als Waldarbeiter, fällte und zersägte Bäume, stemmte sie zu Stapeln übereinander, lebte allein in einer Hütte, äußerlich einer urtümlichen, depravierten Lebensweise, innerlich der Verwilderung überlassen. Unter der Schädeldecke des gedrungenen Mannes, der da als Waldmensch schuftete und hauste, gab es keinen Gedanken, der etwas anderes gewesen wäre als ein Reflex seiner Liebesbesessenheit. Etwas anderes als eine Leine, die Kestner zu dem Wort »Gina« zog und die ihn strangulierte. So in die Enge getrieben, hatte sich Handeln für ihn immer schon auf zwei Möglichkeiten reduziert: Töten oder nicht töten. Aus schierer Eifersucht hatte er seine erste Ehefrau mit dreiundzwanzig Messerstichen umgebracht, einen Mithäftling mit bloßen Händen erschlagen.

In Österreich schrieb er mehrere Briefe an Gina. Einmal schrieb er: »Du mein kleiner Spatz, du bist mein Leben. Jeder Tag, den ich ohne dich ertragen muss, ist die Hölle, mein Spatz.« In einem anderen Brief: »Meine Allergeliebteste. Ich lebe nur für dich, ich bin dir hingefallen.«

Als er sich für einen Tag in Wien aufhält, ruft er von einer Telefonzelle des Postamts in Berlin an. Er wählt Ginas Berliner Nummer. Er weiß, wo ihr Telefon steht, das jetzt neben der Wohnzimmercouch klingelt, unzählige Male hat er, wenn er in die Wohnung kam, den Hörer auf die Gabel gelegt, weil Gina ihn betrunken einfach fallen gelassen hatte. Eine Männerstimme meldet sich in der Leitung. Kestner wechselt ein paar Sätze mit Micha, der kurz und abwimmelnd berichtet, Gina sei zum Einkaufen unterwegs. Kestner duckt sich und bestellt mit dünner Stimme schöne Grüße an die Frau, die noch immer seine Ehefrau ist. Als er das Postamt verlässt, erlebt er zum ersten Mal, seit er Gina kennt, einen Moment distanzierter Selbstbetrachtung. Er merkt und sagt sich, dass er sich in der Gewalt haben muss. Genauso sagt er es sich immer wieder vor und ist, schon weil er diese Formulierung gefunden hat und wie ein Objekt betrachtet, davon überzeugt, ihm gelänge die Selbstkontrolle, die der Satz fordert. Dann, so Kestners Folgerung, kann er auch nach Berlin zurückfahren. Er tut es. Er verhält sich wie ein Süchtiger, der glaubt, die Sucht beherrschen zu können, nur weil er die Augen öffnet für den Abgrund, in den sie ihn führt. Karl Kestner bleibt auch noch ruhig, als er in Ginas Berliner Stammkneipe ein Bier trinkt und sie plötzlich mit ihrem Micha hereinstolziert. Man plaudert ein bisschen wie alte Bekannte. Dann stolziert Gina mit Micha zur Kneipe hinaus und winkt Kestner zu, bevor sie durch den Filzvorhang am Eingang verschwindet.

Ein paar Tage später kauft Karl Kestner in einer Spelunke am Savignyplatz eine Maschinenpistole der Marke Skorpion und einen Berg Munition. Für die Bewaffnung gibt er 2000 Mark aus. In einer unauffälligen Stofftasche trägt er die Maschinenpistole nun ständig bei sich. Vorübergehend wohnt er bei seinem Sohn. Die Stofftasche mit der Waffe hat er, wie ein Frontsoldat, auch im Schlaf griffbereit. Kestner hat sich innerhalb einer Stunde an den Besitz der Waffe gewöhnt, und da es eine Gewohnheit ist, findet er ihren Besitz so normal wie jedes beliebige Attribut aus dem Arsenal starker Männlichkeit. Er verehrte Motorräder, Potenz, alle Arten körperlicher Anstrengung. Auch das Absitzen langer Gefängnisstrafen empfand Kestner als Ausweis herausragender Virilität. »Was macht der Micha?«, fragt Karl Kestner den Sohn nach einer Woche. »Der Micha? Der hat doch jetzt 'ne Neue, so 'ne Karin, die für ihn anschafft.«

Eine halbe Stunde nachdem Karl Kestner erfahren hat, dass Gina wieder allein ist, fährt er mit dem Taxi zu ihrer Wohnung. Er hat alles dabei, was er besitzt, eine Reisetasche mit Kleidung und Waschzeug, seine Brieftasche mit Geld und Ausweispapieren und die Stofftasche. Gina ist weder erstaunt noch erfreut. Sie begrüßt Kestner, als hätte sie ihn zum letzten Mal am Morgen gesehen, als hätte er erst vor ein paar Stunden ihren Oberkörper abgestützt, wie früher, wenn sie auf der Toilettenschüssel saß und er das Klopapier für sie von der Rolle riss. Kestner bleibt über Nacht bei Gina. Sie kommen miteinander aus. Aber am nächsten Morgen ist es mit der Harmonie vorbei. Gina trinkt zum Frühstück zwei Gläser Schnaps. Kestner schüttet den Rest der Schnapsflasche in den Ausguss. Ohne Übergang, ohne die früheren Bitten und Vorhaltungen bricht der Kampf aus. Kestner will Ginas Wohnungsschlüssel, sie gibt ihn nicht her. Er zerrt ihre Arme im Polizeigriff auf den Rücken und entwindet ihr gewaltsam den Schlüssel. Gina nennt ihn »alter Sack« und »impotenter Wichser«. Als sie sich bückt, um aus dem Kühlschrank ein Bier zu holen, dreht Kestner ihren Kopf zur Seite und zeigt ihr die Stofftasche, die neben einem Küchenstuhl steht. »Na, dann mach doch auf«, sagt Gina, »was hast'n da wieder mitgebracht.« Sie zuckt unbeeindruckt die Achseln, sie macht sogar eine sarkastische Bemerkung über seine närrischen Altmännerhobbys, als sie die Maschinenpistole sieht.

War sie einfach zu betrunken? Oder zu verrannt in den

Drang, diesen Mann zu piesacken und zu demütigen? Oder war sie letzten Endes resigniert und gleichgültig ihrem Leben gegenüber? Ein diplomatisches Lächeln, ein überbrückender Kuss hätte sie vielleicht gerettet.

Gina geht ins Badezimmer, er nimmt die Maschinenpistole und folgt ihr. Sie setzt sich, bekleidet mit einer Unterhose und einem T-Shirt, in die Badewanne und lässt Wasser einlaufen. Sie fährt ihn an: »Hau ab, ich dusch jetzt.« – »Warum musst du duschen?«, fragt Kestner. »Wo willst'n du hin?« Ein Termin, sagt Gina, sie habe am Mittag eben einen Termin. Sie brauche ja wohl Geld, und dafür ginge sie jetzt auf den Strich. Die Maschinenpistole war auf Dauerfeuer eingestellt. Als Kestner abdrückt, lösen sich drei Kugeln und durchschlagen Ginas Kopf.

Karl Kestner ließ Gina in der Wanne liegen, breitete eine Wolldecke über ihren Körper, hob ihren Kopf an und schob ein Sofakissen darunter. Dann packte er die Maschinenpistole in die Tasche und verließ die Wohnung. Er lief zur nächsten großen Straßenkreuzung, wartete, bis ein Taxi vorbeikam, und fuhr zurück in die Wohnung seines Sohns. Dort trank er noch ein Bier. Dann ging er auf die Straße und rief von einer Telefonzelle aus die Polizei an. Als er kurz darauf festgenommen wurde, nahmen ihm die Beamten zweihundert Schuss Munition ab.

Während der Gerichtsverhandlung spricht er von Gina ausschließlich im Präsens, als lebte sie noch. Er macht sich Sorgen wegen ihrer Trinkerei und Raucherei. Dazu kommt, erklärt er dem Gericht, dass Gina über dem Saufen das Essen vergisst. »Ich koch und geb mir Mühe, dann sitzt sie wieder nur da und piekst da so rum, und ich sag zu ihr: Dann iss doch wenigstens die Kartoffeln da weg. Die drück ich immer mit der Gabel weich, dann muss sie die doch nur schlucken.«

Er wird wegen Totschlags zu einer Haftstrafe und anschließender Sicherheitsverwahrung bis zum Lebensende verurteilt. Bis dahin wartete Karl Kestner nicht, er erhängte sich ein Jahr nach dem Gerichtsprozess in seiner Zelle.

RICHTIG ODER FALSCH

Mustafa war der Zweitgeborene und von Anfang an Versager. Was er anpackte, ging schief, was er in die Hand nahm, lag im nächsten Moment in Scherben vor ihm. Er war ängstlich und in sich gekehrt, er war in den Augen seines Vaters, der in Hamburg, im Stadtteil St. Georg, einen Supermarkt und zwei Spätkaufläden unterhielt, für nichts richtig zu gebrauchen. Mustafa sollte, wie sein älterer Bruder, in den Familienbetrieb hineinwachsen, aber es gelang ihm nicht. Seine Nerven waren dem Geschäftlichen nicht gewachsen, noch nicht einmal der Verantwortung, die beim Eintippen der Waren in die Kasse des Supermarktes zu übernehmen war. Schließlich diente Mustafa als Hilfskraft, stand hinter seiner Mutter oder seinem Bruder an der Kasse, ribbelte Plastiktüten auf und half den Kunden beim Einpacken. Als ihn zu allem Übel auch noch seine Frau verließ und Mustafa die Schmach einer Ehescheidung über sich ergehen lassen musste, fiel er in Depressionen. In seiner Familie gab es weder dieses Wort noch dieses Leiden, schon gar nicht bei Männern. Ein Arzt verschrieb Mustafa Psychopharmaka, die seine Stimmung verbesserten, aber seinem Ansehen als Mann den Rest gaben. Mustafa kannte sich selbst nicht mehr, wusste bei keiner Sache, ob sie richtig oder falsch war. Ob er die Tabletten nehmen sollte oder nicht, auf die Straße gehen oder drinbleiben, sich umbringen oder sich nicht umbringen.

So schwankte er auch, als er eines Tages in einer Kneipe einen Mann kennenlernte, der ihm auf der Stelle eine bezahlte

Tätigkeit anbot. Genau gesagt war es so, dass der Mann ihn kennenlernte, indem er von hinten auf Mustafa zuging, ihm die Hand auf die Schulter legte und zudrückte, als wolle er Mustafas Knochensubstanz prüfen. Die Tätigkeit, um die es ging, fand Mustafa einerseits nicht ganz in Ordnung, er sollte als eine Art Privatchauffeur tätig werden, was insofern realistisch war, als er tatsächlich einen Führerschein besaß. Aber er sollte das Chauffieren im Dienst eines Mannes ausüben, bei dem es sich offensichtlich um einen Zuhälter handelte – der Mann sprach von »Miezen« und setzte davor das Wort »meine«. Andererseits, so dachte Mustafa, befand er sich in der Lage eines Menschen, dem jede Arbeit recht zu sein hat, egal, woher sie kommt.

Schon am nächsten Morgen nahm Mustafa den Wagenschlüssel eines Mercedes SL in Empfang, schob den Fahrersitz näher ans Lenkrad und fuhr eine Proberunde. Jetzt, empfand er, war es ohnehin zu spät, um die Tätigkeit abzulehnen. Man steht als Gast auch nicht vom Tisch auf, wenn man nach dem ersten Bissen merkt, dass es nicht schmeckt. Mustafa nickte, als der Zuhälter ihm eine Straßenkarte übergab und die Fotografien von drei jungen Frauen, die er an der polnischen Grenze abholen und nach Berlin bringen sollte. Vor allem sollte er den Frauen, sobald sie im Auto saßen, die Pässe abnehmen. Beim Gedanken an diesen Teil des Auftrags brach in den Handflächen Mustafas Schweiß aus. Die Panik, vor einer Aufgabe zu versagen, die derart viel Autorität verlangte, schob allerdings ihren kriminellen Charakter in den Hintergrund. Mustafa gehorchte. Als er am Abend die drei Osteuropäerinnen bei seinem Chef ablieferte, unter dessen Augen die Pässe aus seiner Hosentasche zog, fühlte er sich so wohl wie schon lange nicht mehr. Er wurde gelobt, er durfte den Mercedes für den Feierabend behalten. Der Chef gab ihm außerdem ein Handy – sein neuer Chauffeur sollte jederzeit einsatzbereit sein. Mustafa wurde von Prüfungsstolz, von einem ganz und gar unbekannten Selbstwertgefühl in sein neues Leben getragen. Und dieses baute sich nun wie von allein dahingehend auf, dass Mustafa schon ein paar Monate später die Position eines untergeordneten Zuhälters einnahm und an ein paar der Frauen seinerseits mitverdiente.

Er kroch nicht mehr wie ein geprügelter Hund durch die Wohnung seines Vaters. Er hatte nun eine eigene Unterkunft, eine möblierte Einzimmerwohnung mit Kochnische und Bad. Erst zog eine gewisse Sabrina zu ihm, dann eine Tatjana, die ihm von sich aus die Obhut über ihr Gewerbe antrug. Diese Tatjana brachte ihren Freund Daniel mit, und schließlich kam noch Lena. Sie stammte aus demselben ukrainischen Dorf wie Tatjana, und sie hatte Mustafa schon gefallen, als sie an der polnischen Grenze in den Mercedes eingestiegen war. Nun waren sie zu fünft in seiner Wohnung. Natürlich fragte sich Mustafa hin und wieder, ob er das eigentlich gewollt hatte oder nicht. Aber von den vielen Dingen in seinem Leben, die er nicht gewollt, aber dennoch ertragen hatte, besaß dieses Kapitel zumindest den Vorzug autonomen Unternehmertums. Zu fünft schliefen sie auf Matratzen nebeneinander, frühstückten am späten Vormittag an einem niedrigen Couchtisch. Daniel blieb in der Wohnung und schaute Fernsehen. Die Frauen machten sich zurecht, zogen Tangas, hohe Stiefel und Korsagen an, ließen sich von Mustafa ein paar Packen Kondome aushändigen und zur Arbeit fahren. Mustafa chauffierte sie zu den Adressen ihrer Kunden und holte sie nach einer halben Stunde oder einer Stunde wieder ab. Dazwischen chauffierte er auch andere Frauen, die sein Chef ihm zuwies, und immer wieder fuhr er an die polnische Grenze und zurück.

Mustafas Alltag hatte ein Gerüst, er folgte einem Einsatzplan, und ihn fehlerlos zu erledigen wirkte sich auf Mustafa wohltuend aus. Er begann sogar, was er nie zuvor getan hatte, Sport zu treiben, kaufte sich Trainingskleidung und Joggingschuhe und lief, wenn er eine freie Stunde hatte, mit Scharen anderer Jogger um die Alster. Es war seit Jahren die Laufstrecke seines Bruders, Mustafa wäre ihm gern einmal begegnet, er trug den Schlüssel des Mercedes beim Joggen an einem langen Band um den Hals und malte sich aus, wie es wäre, wenn der Blick des entgegenkommenden Bruders auf den Schlüssel fiele. Aber er traf ihn kein einziges Mal. In Momenten, in denen Mustafa von Zweifeln und düsteren Überlegungen heimgesucht wurde, malte er sich hingegen aus, seine Familie, seine gesamte Sippe, hätte Hamburg verlassen, um sich von der Verbindung zu dem in Schande lebenden Sohn ein für allemal zu befreien, und in einer anderen Stadt oder gar einem anderen Land eine neue Existenz begonnen. Als hätte es Mustafa nie gegeben.

Er wusste inzwischen, wie die Geschäfte mit den Frauen liefen und wie er sich an ihnen beteiligen konnte, ohne das Missfallen seines Chefs zu erregen. Pro Kunde nahmen die Frauen zwischen hundert und hundertfünfzig Euro ein. Davon behielten sie im Regelfall zwanzig Euro als Taschengeld und lieferten den Rest ab. Im Fall von Sabrina, Tatjana und Lena war die Aufteilung ein wenig anders. Sie bekamen ihre zwanzig Euro, Mustafas Chef bekam fünfzig Euro und Mustafa behielt, was nach Abzug der siebzig Euro übrig war. Dafür finanzierte er auch die Ausstattung der Frauen und Zeitungsanzeigen wie: »Tabulose Polinnen« oder: »Russische Nymphe, schmal gebaut«. Hiermit war Lena gemeint.

Mustafa schlief dreimal mit ihr, und es lag ihm daran, dass es Lena nicht wie eine im Geschäft inbegriffene Vergewaltigung vorkam. Er bat Tatjana, die Deutsch konnte, Lena nach ihrer Bereitschaft zu fragen. Dann machte er mit Tatjana einen Termin aus, für eine Stunde verschwanden die anderen drei aus der Wohnung, anschließend trafen sie sich zu fünft in einem Café. Mustafa spendierte für alle Kaffee, Kuchen und süßen Likör. Er selbst nahm, um zu sparen, nur ein Stück Bienenstich ohne Getränk. Dass Lena genussvoll Gabel für Gabel die Torte in ihren Mund schob, betrachtete er als Bestätigung seiner Hoffnung, sie habe den Beischlaf nicht nur ertragen, sondern so schön, ja sogar leidenschaftlich empfunden wie er selbst. Sicher war er sich nicht. Er fand es schwer zu entscheiden, wo in dem Wort »Leidenschaft« die Grenze zwischen Routine und Gefühl verläuft.

Drei Jahre nachdem Mustafa in den Dienst des Zuhälters eingetreten ist, steht er vor Gericht. Er ist der einzige Angeklagte. Das Verfahren gegen den Kern des Hamburger Prostitutionsrings, dem Mustafa am Rand angehörte, ist bereits abgeschlossen, sein ehemaliger Chef in Haft. Tatjana, Sabrina und Lena können als Zeuginnen nicht befragt werden, sie sind untergetaucht. Als Mustafa von seiner Beziehung zu Lena erzählt, können die Richter kaum ihr Amüsement über die Adjektive »schön« und »leidenschaftlich« verbergen. »Haben Sie denn«, fragt ein Richter, »diese Lena richtig geliebt?« Mustafa grübelt lange. »Nein«, sagt er schließlich, »aber sie hat mir schon gut gefallen.«

Während des ganzen, drei Tage dauernden Prozesses sitzt Mustafas Vater, der den Sohn hier zum ersten Mal wiedersieht, in der hintersten Zuschauerbank, rollt eine Gebetskette zwischen den Fingern und verfolgt mit unbewegtem Gesicht das Geschehen. Nach der Verkündung des Urteils, einer Bewährungsstrafe, verlässt er sofort den Saal, ohne Mustafa anzusehen.

INQUISITION

Ein Dämon? Jawohl, ein Dämon. Franziska Nütrich, die sich selbst Franz nennt, war angeblich von solch einem Wesen besessen. Eine ganze Weile lang wurde ihr Dämon von Stefanie Münz und Mara Oster im Rahmen spiritueller Sitzungen zweimal oder dreimal die Woche ausgetrieben. Als sich die drei Frauen kennenlernten, alle drei Bewohnerinnen einer Sozialbausiedlung am Rande Berlins, war von Dingen wie Hexerei, Mystik und Dämonie noch nicht die Rede. Sie begegneten sich im Hausflur, plauderten und begannen, sich zu Kaffeestündchen zu treffen, mal in der Küche der einen, mal in der Küche der anderen. Daraus wurde ein regelmäßiger und im Lauf der Zeit ein fast symbiotischer Kontakt. Sie verabredeten sich schon morgens für den Abend, vereinbarten, wer einkaufte und wer kochte, und legten sich auf Fernsehsendungen fest, die sie gemeinsam ansahen. Wie jede in ihrer Ein-Zimmer-Unterkunft allein gelebt hatte, so lebten sie jetzt immer längere Strecken ihres Alltags eben zu dritt. Natürlich war es gegenseitige Sympathie, die sie so eng zusammenbrachte, aber auch das gegenseitige Wiedererkennen ihrer Lebenslage. Keine hatte Arbeit, keine Kinder, keine war verheiratet oder liiert. Bei der neunzehnjährigen Franziska Nütrich, die fast zwei Jahrzehnte von den beiden Älteren trennte, hätte es sich im Fall einer Liebesbeziehung allerdings nicht um einen Mann, sondern um eine Frau gehandelt. Da sie sich in diesem Aspekt von Stefanie Münz und Mara Oster unterschied, in der Dreiergruppe folglich eine Minderheit darstellte und in den Augen der Mehrheit das Wesen des Verkorksten, Andersartigen repräsentierte, bot es sich an, dass sie in einem »Das Reich« genannten Hexenspiel die Rolle der Besessenen übernahm. Dieses Spiel wurde das Zentrum des Lebens der drei Frauen.

Es beruhte auf satanistischen Ritualen und stammte aus einem Hexenbuch, das Mara Oster eines Tages mitbrachte. Bei der Lektüre des Buches fühlten sich die drei Frauen sofort in ihrem Element. Es erhöhte ihr Zusammensein zu verschwörerischen Treffen einer Geheimsekte. Rückwirkend erschien die zufällige Nachbarschaft mehr und mehr als magisch gesteuertes Zueinanderstreben von Auserwählten. Kaffeetrinken, Abendessen, Fernsehschauen: durchdrungen vom Geist des Spirituellen, verlor das eher eintönige Repertoire ganz von selbst den kränkenden Beigeschmack totgeschlagener Zeit.

In der Garderobe der drei Frauen dominierte ab nun die Farbe Schwarz, auch in ihrer Kosmetik. Sie verwendeten schwarzen Nagellack, schwarzen Lippenstift, malten kleopatrahafte Kajalbalken rund um die Augen. Mara Oster und Stefanie Münz färbten sich die Haare tiefschwarz, flochten sie nach dem Waschen zu bleistiftdünnen Zöpfchen, die sie erst einen Tag später auskämmten. Die nach allen Seiten abstehende Kraushaarfrisur, die sie so erzielten, entsprach ihrer Vorstellung einer wilden, voluminösen Hexenmähne. Für Franziska Nütrich, die eine grüngefärbte Irokesenbürste auf dem kahlrasierten Schädel trug, kam der schwarze Mähnenlook nicht in Frage. Auch dies wurde ihr von den beiden anderen Frauen als Indiz besessener Widerspenstigkeit ausgelegt, ebenso wie Franziska Nütrichs Weigerung, von Flaschenbier auf Kräutertee umzusteigen. Je intensiver sich die Freundinnen in »Das Reich« versenkten, sich mit den Regeln und den Rollen der Séance vertraut machten, desto stärker wuchs ihre Überzeugung, dass bei Franziska Nütrich etwas schwer aus dem Lot geraten und eine Teufelsaustreibung dringend nötig war.

Franziska Nütrich selbst schloss sich dieser Sicht nicht ungern an. Sie fühlte sich in ihrer Rolle keineswegs herabgesetzt, eher sogar ein wenig aufgewertet, wie ausgeschimpfte Kinder, die, auch wenn sie sich lauthals beschweren, ungerecht behandelt zu werden, an den elterlichen Standpauken den Nebeneffekt der zugespitzten Aufmerksamkeit genießen. Immerhin stehen sie im Mittelpunkt und werden bemerkt.

Die Unstimmigkeit, die Mara Oster und Stefanie Münz an der Freundin bemängelten, war, deren körperliche Erscheinung betreffend, auch nicht ganz aus der Luft gegriffen. Franziska Nütrichs Physiognomie ist, was die Redensart birnenförmig nennt. Auf stämmigen Beinen und einem matronenhaft ausladenden Becken sitzt ein zarter, sich nach oben zu noch verschmälernder Oberkörper mit kindlich kleinen Schultern. An der Taille treffen sich zwei Hälften, die je einer anderen Gestalt anzugehören scheinen. Wie bei den Puzzlespielen aus kleinen hölzernen Oberkörpern und ebenso vielen Unterkörpern, die so lange hin und her geschoben werden, bis unten wieder zu oben passt und die Kasparmütze auf den Kasparhosen sitzt. Ob aus Trotz oder Wurstigkeit: Mit der Irokesenbürste, in der sich ein von der Birne abstehender Stiel erkennen lässt, betonte Franziska Nütrich ihren Körperbau.

»Bei der stimmt was nicht«, stellten Mara Oster und Stefanie Münz im täglichen Refrain fest und meinten damit die Indikation einer Besessenheit, die auch Franziska Nütrichs Charakter betraf. Mal war sie rauhbeinig, mal mimosenhaft, beides aber in so extremer Weise, dass es nach Ansicht der beiden Freundinnen nicht mehr mit normalen Dingen zugehen konnte. Ein Dämon musste es sein, der der Neunzehnjährigen eingab, in Armeestiefeln herumzustapfen; ein Dämon verbot ihr, die Stiefel vor dem Schlafengehen auszuziehen; und wenn es eines letzten Beweises bedurft hätte, dass in Franziska Nütrich ein teuflisches Wesen steckte, dann war es ihr Anspruch, mit dem Männernamen Franz angesprochen zu werden. Wer, wenn nicht ein Dämon, der als Franz aus ihrem Mund sprach, konnte sie dazu bringen!

Die Inszenierung des »Reichs« benötigt in der Originalversion ein Ensemble von mindestens zehn Mitspielern, sie zieht sich jeweils von Sonnenuntergang bis zum nächsten Sonnenaufgang über viele Akte. Mara Oster, Stefanie Münz und Franziska Nütrich spielten »Das Reich« in einer Rumpffassung. Sie verzichteten auf Rituale, die ihnen zu unappetitlich waren, wie das Opfern von Menstruationsblut und das Trinken des eigenen Urins, sowie auf Rituale, von denen sie sich kein deutliches Ergebnis versprachen, das Herbeirufen Verstorbener beispielsweise. Sie beschränkten ihre Hexenabende auf die handfeste Teufelsaustreibung. Die Rolle der Hexenmeisterin fiel ganz selbstverständlich Mara Oster zu. Sie war die Älteste, gab auch sonst den Ton an, außerdem war es ihr Wohnzimmer, in dem gehext wurde. Stefanie Münz fungierte als sogenannte Hohe Priesterin und diente Mara Oster als Assistentin. Die Aufgabe von Franziska Nütrich bestand in nichts anderem als darin, sich in der entscheidenden Spielphase, wenn es auf die Dämonenaustreibung zuging, wild zu gebärden und sich der Bändigung durch die beiden anderen zu ergeben.

Die Hexenabende begannen wie alle anderen Abende, die die Freundinnen miteinander verbrachten. Mara Oster stellte aufgebackene Tiefkühlpizza auf den Couchtisch, dazu gab es Kräutertee. Franziska Nütrich hatte ihr Flaschenbier dabei. Irgendwann zwischen 22 und 23 Uhr nahm Mara Oster die Fernbedienung in die Hand und schaltete den Fernseher aus. Dann löschte sie das Licht im Wohnzimmer, es war das Signal für den Eintritt in die Sphäre des Übersinnlichen.

Für eine Weile sitzen die drei Frauen im Dunkeln. Franziska Nütrich und Stefanie Münz schweigen, Mara Oster flüstert mit salbungsvoll düsterer Stimme Hexensprüche in den Raum. »Ihr Geister der Erde und der Luft, ich rufe euch herbei! Ich rufe eure Kraft herbei, löst die Fesseln des Bösen, nehmt das goldene Schwert eurer Macht, stoßt es ins Herz des Satans, mordet die Fratze des Dämons!« Nachdem sie diese Sätze siebenmal wiederholt hat, zündet Mara Oster eine Stumpenkerze an, die vor ihr auf dem Couchtisch steht, gibt dann die Streichholzschachtel an Stefanie Münz weiter, der es jetzt obliegt, zwei Dutzend im gesamten Wohnzimmer verteilte Teelichter zu entflammen. Franziska Nütrich sitzt einfach dabei und nimmt in kurzen Abständen einen Schluck Bier nach dem nächsten zu sich. Sie trinkt, wie sie es gewohnt ist, direkt aus der Flasche. Normalerweise wird sie von den Freundinnen dafür getadelt. Beim Hexen ist die Ungezogenheit geradezu erwünscht. Nun verschwinden Mara Oster und Stefanie Münz für eine Viertelstunde im Badezimmer. Als sie wieder erscheinen, ähneln sie mit ihren schwarzbemalten Gesichtern Bergbauarbeitern, die am Ende der Schicht verrußt in den Feierabend gehen. Als Zeichen ihrer dominanten Position trägt Mara Oster einen schwarzen Dreizack auf der Stirn, an ihren Ohren hängen riesige schwarze Plastikkreolen.

Von diesen Attributen, von der ganzen Kostümierung war in dem Hexenbuch nicht die Rede. Da die drei Frauen den Inhalt des Buches aber ohnehin weniger als verbindliches

Regelwerk denn als vage Richtungsbeschreibung zur Parallelwelt von Mystik und Magie verstanden und dazu übergegangen waren, sich ihren eigenen Reim auf diese Welt zu machen, störte sie das wenig. Wie sie generell darauf verzichteten, bestimmte Kernfragen des Hexenprojekts zu klären, wie zum Beispiel die, auf wen der Begriff Hexe bei ihrem Spiel eigentlich zutraf, ob auf die vom Dämon heimgesuchte Franziska Nütrich oder auf Mara Oster, deren Aufgabe es war, den Dämon zur Strecke zu bringen. Auch die Frage, wie sie sich dabei im Detail zu bewegen und benehmen hatte, überließ Mara Oster ihrer persönlichen Interpretation, das heißt, sie griff auf Gesten zurück, die im christlichen Abendland jeder, auch der Ungläubige, verinnerlicht hat.

Zu Beginn der eigentlichen Prozedur stellt sie sich nun mit gefalteten Händen im Wohnzimmer auf, Stefanie Münz kniet neben ihr, ebenfalls mit gefalteten Händen und andächtig gesenktem Kopf. Franziska Nütrich sitzt nach wie vor im Wohnzimmersessel und trinkt Bier aus der Flasche. Die Zeit bis Mitternacht überbrücken die Meisterin und ihre Hohe Priesterin mit einer Mischung aus improvisierten Beschwörungen – Mara Oster sagt vor, Stefanie Münz im Echo nach – und einer Art Inquisition der schon recht angetrunkenen Nütrich. »Hast du dem Satan gehuldigt?«, fragt Mara Oster mit scharfer Stimme. Stefanie Münz wiederholt: »Hast du dem Satan gehuldigt?« Franziska Nütrich nickt stumm und ohne aufzusehen. Sie schaut vor sich hin zu Boden, die Irokesenbürste in die Schräge geneigt wie den Kopfputz eines Paradepferdes, das ein Kunststück vorgeführt hat und nach dem Zuckerstück auf der Hand des Reiters schnappt. Auf einen Befehl von Mara Oster versetzt Stefanie Münz der hockenden Biertrinkerin mit dem Knauf einer Lederpeitsche, die aus dem Karnevalsangebot eines Kaufhauses stammt, einen leichten Stoß gegen die Schulter. Stoß folgt jetzt auf Stoß, abwechselnd gegen die rechte und die linke Schulter, bis Franziska Nütrich aufrecht im Sessel sitzt. Die Stimmen der Hexen werden lauter und herrischer. »Sag: Ich habe dem Satan gehuldigt!«, schreit Mara Oster. Stefanie Münz schreit hinterher: »Sag: Ich habe dem Satan gehuldigt!« – »So nimm deine Strafe entgegen, Dämon«, schreit Mara Oster. Das ist das Stichwort für Stefanie Münz. Sie schlägt mit den Striemen der Faschingspeitsche auf Franziska Nütrich ein. Franziska Nütrich wehrt sich mit Händen und Füßen, sie bäumt sich auf, rollt mit den Augen, brüllt unzusammenhängende Laute ins Wohnzimmer. Stefanie Münz stemmt sich jetzt mit voller Kraft gegen den Oberkörper der Besessenen, zwingt sie gegen die Sessellehne, Mara Oster hebt die Arme mit kelchförmig geöffneten Händen über ihren Kopf und ruft gegen die Decke: »Dämon, ich befehle dir abzulassen vom Körper der Verlorenen!« Franziska Nütrich sinkt wie ein angestochener Luftballon in sich zusammen, rutscht kraftlos vom Sessel, bleibt kauernd liegen, weint, schluchzt und sagt vor sich hin: »Ich habe dem Satan gehuldigt, ich habe dem Satan gehuldigt.« Mara Oster hat die Peitsche von Stefanie Münz übernommen, schwingt damit in Kreisen durch die Luft, um den bekämpften Dämon endgültig von Franziska Nütrich zu verjagen.

Nach einigen Wochen praktizierter Dämonenaustreibung ergaben sich in der Konstellation des Trios zwei neue Faktoren, die sich vermutlich gegenseitig bedingten und verstärkten. Franziska Nütrich und Stefanie Münz wurden ein Liebespaar. Das war die eine Veränderung. Die andere lag in der Steigerung der gegen die Besessene angewandten Gewalt. Mara Oster war zu der Einsicht gelangt, dass dem Dämon, der Franziska Nütrich verlassen sollte, hierfür eine spezielle Austrittsöffnung geschaffen werden sollte, was zur Folge hatte, dass Franziska Nütrich zwei- bis dreimal die Woche Schnittwunden an den Armen zugefügt wurden. Mara Oster und Stefanie Münz verwendeten dafür ein kleines scharfes Küchenmesser. Franziska Nütrich ließ es geschehen. Sie gewöhnte sich sogar an das Gemetzel, da es ihr mehr und mehr gefiel, Wundverbände an Armen und Händen zu tragen und so, auf deutlich sichtbare Weise, als immerzu Verletzte zu leben. Die Messerschnitte wurden von Abend zu Abend tiefer und länger, der letzte reichte von Franziska Nütrichs linkem Handgelenkknochen bis zum Ellenbogen. Als eine Kassiererin des Supermarktes, in dem Franziska Nütrich sich täglich mit Bier versorgte, vom Arm der ohnehin recht auffälligen, ständig bandagierten Kundin Blut aufs Kassenband tropfen sah, informierte sie die Polizei.

Im ersten Moment reagierte Franziska Nütrich, als zwei Polizisten vor dem Supermarkt aus dem Auto stiegen, schockiert wie ein ertappter Ladendieb. Als sie verstanden hatte, dass die Beamten nicht darauf aus waren, sie zu beschuldigen oder ihr zu unterstellen, etwas Verbotenes getan zu haben, sondern sie im Gegenteil als Sorgenfall, als Opfer behandelten, kam sie nicht nur freiwillig mit aufs Revier, sie erzählte überaus offenherzig, geschmeichelt vom Interesse an ihrer Person, ihre Dämonengeschichte. Nur in einem Punkt wich sie von der Wahrheit ein wenig ab. Stefanie Münz erschien in Franziskas Version als untätige Zuschauerin, der es sowenig wie ihr selbst gelungen war, sich gegen das tyrannische Regiment Mara Osters aufzulehnen und die Verletzungen mit dem Messer zu verhindern. Den Polizisten erschien nicht nur dieser Aspekt unglaubwürdig, die gesamte Hexennummer schien ihnen nichts anderes zu sein als die Legende einer seelenkranken Masochistin, die sich selbst verletzte, das gab es schließlich öfter bei jungen Frauen. Sie brachten sie in ein Krankenhaus. Franziska Nütrich wurde von einem Arzt untersucht, schließlich saß sie einer Psychologin gegenüber, die geneigt war, Franziska Nütrich zu glauben. Sie hielt es für denkbar, dass Menschen auf die Idee kamen, in ihren Privaträumen Teufelsaustreibungen vorzunehmen. Die Polizei fand in Mara Osters Wohnung schließlich die von Franziska Nütrich erwähnten Hexenutensilien, sie fand auch das Küchenmesser, und so kam es zu einer Anklage wegen schwerer Körperverletzung.

Das Gericht hat es mit den Frauen nicht einfach. Mara Oster und Stefanie Münz bestreiten zwar, jemals gegen Franziska Nütrich Gewalt angewendet zu haben, versteifen sich aber unter dem Eindruck der Außenwelt, die sich über den Hokuspokus von drei Asozialen belustigt, auf ihre Hexenlehre und ihre friedfertigen Hexenkünste. Wie sie denn, will der Richter von Mara Oster wissen, gemerkt habe, dass der Dämon aus Franziska Nütrich austritt? »Herr Richter«, antwortet Mara Oster, »dieses Wissen ist mein Schicksal.« Dazu kommt, dass Franziska Nütrich sich energisch müht, die Hauptangeklagte Mara Oster zu entlasten, mit der sie in der Zwischenzeit und nach der Trennung von Stefanie Münz eine Liaison eingegangen ist. Beim Zwiebelschneiden, beharrt Franziska Nütrich, habe sie sich die Schnittwunden zugezogen. Davon, dass Mara Oster ihr mit dem Messer Schnitte in den Arm zufügte, will sie vor Gericht nichts mehr wissen. Am Ende ist niemandem, weder den Richtern noch den Anwälten, klar, wer in dieser dubiosen Angelegenheit eigentlich welche Rolle spielte, wer Bettgenossin war, wer Hohe Priesterin, wer dämonisch besessen, wer Zwiebeln schnitt und wer Ausgangskanäle für Dämonen, und die beiden Angeklagten werden freigesprochen.

TENNIS

Günter Parche fällt leicht auf, und zwar allein deshalb, weil alles an ihm auf fast übertriebene Weise das Klischeebild der Unauffälligkeit erfüllt. Er ist, was der Volksmund eine graue Maus nennt, nur eben noch grauer und mäuschenhafter. Er ist klein, mit 162 Zentimetern fast kindlich klein. Die Bleichheit seines runden glatten Gesichts erinnert an Tiere, die im Schatten leben und sofort weghuschen, wenn eine Tür sich öffnet und Sonnenlicht auf sie fällt. Günter Parches graue, altmodische Kleinbürgergarderobe, seine artigen, ein wenig servilen Bewegungen, sein geduckter Blick drücken vor allem eines aus: den Wunsch nach Unsichtbarkeit. So stark aber, dass man zweimal hinsieht.

Sein Leben verlief bislang mit dem Rücken zur Welt, ganz und gar reduziert. Er gründete keine Familie, ging nie eine Beziehung zu einer Frau ein und nie auf Reisen. Er hatte auch keine Freunde. Er wechselte nicht den Ort und nicht den Beruf. Man kann sagen: Die Landschaft seiner Biografie gleicht einer leeren Ebene, aus der nur drei Ereignisse herausragen. Das erste ergab sich, als Günter Parche zehn Jahre alt war. Bis dahin wohnte er mit seiner Mutter in Erfurt, sie beide allein. Ohne zu verstehen warum, kam er von einem Tag auf den anderen in das Haus seiner Großeltern und einer älteren Tante in einem thüringischen Dorf. Die Mutter brachte ihn hin, fuhr wieder weg und blieb verschwunden. Die Mutter sei, lautete die schmale Begründung der Tante, die den Neffen übernahm und großzog, ein bisschen kränklich, einfach nicht gesund genug, um einen Buben zu haben. Seitdem lebt Günter Parche mit der Tante in dem Haus im Thüringischen. Sie stellt ihm das Frühstück hin, kocht für ihn, klappt seinen Hemdkragen hoch, um zu prüfen, ob sich ein Schmutzrand gebildet hat und das Hemd gewechselt werden muss. Allerdings zahlt Günter Parche, seit er arbeitet und verdient, der Tante monatliches Kostgeld.

Das zweite Ereignis kam auf ihn zu, als er dreißig Jahre alt war. Auf dem Fernsehbildschirm sah Günter Parche die Tennisspielerin Steffi Graf. Es war für ihn eine Erleuchtung. Er war sofort vernarrt, und diese Vernarrtheit ging im Handumdrehen über in Vergötterung. Er entdeckte an Steffi Graf überirdische Schönheit, einen unfassbar sauberen, reinen Charakter und natürlich überlegene Sportlichkeit. Auf Schritt und Tritt bewegte er sich ab jetzt unter dem Baldachin ihres Bildes.

Dabei war er kein Autogrammjäger, kein Nähe suchender Fan, der verrückt ist nach einem Handschlag seines Stars, sich durch die Anonymität durchbeißt, bis er irgendwann in einem Vorzimmer sitzt oder in der ersten Reihe vor einer Absperrung steht, schreit und giert. Günter Parche unterschrieb seine Briefe an Steffi Graf immer nur mit der anonymen Formulierung »Ein Anhänger aus Thüringen«. Er wollte ihr überhaupt nicht persönlich begegnen. Er ahnte, dass er das seinen Nerven nicht zumuten durfte. Und was wohl noch wichtiger war: Er ahnte, dass das Glück, das er als stiller Gläubiger genoss, die Unerreichbarkeit seines himmlischen Wesens benötigte.

Wenn es um die Ehre von Steffi Graf ging, konnte er ausnahmsweise sogar böse und ausfallend werden. An die Läuferin Heike Drechsler schrieb er einmal einen geladenen Brief, nachdem sie sich in der Öffentlichkeit missmutig über die Steuerflucht deutscher Sportler geäußert und dabei Steffi Graf und Boris Becker in einem Atemzug erwähnt hatte. Er verbitte sich, schrieb Günter Parche, die Niedertracht irgendeines Zusammenhangs zwischen »diesem verblödeten Affen aus Leimen« und dem »Ausnahmemensch Steffi Graf«. Wenn es sie betraf, rang er sich auch dazu durch, Geld auszugeben. Für 10 000 Ostmark kaufte er sich 1988 einen Videorecorder aus dem Westen. Manchmal legte er seinen Briefen an Steffi Graf kleine Geldscheine bei. Er stellte sich vor, wie sie den Umschlag öffnete, seine Zeilen las, wie sie sich dann über das unerwartete Taschengeld freute und es in eine Dose legte, in der sich Gespartes für besondere Herzenswünsche befand. Er geriet aus dem Häuschen vor Gram, als er in einer Illustrierten las, ein Unbekannter habe Steffi Graf in der Umkleidekabine eines englischen Stadions ihre Lieblingshalskette gestohlen, während sie gerade duschte. Diese Mitteilung bedrängte ihn von zwei Seiten. Er wollte einerseits von der Duschsituation nichts wissen, sie sich nicht bildlich denken müssen. Aber um Steffi Graf bei der Suche nach einer identischen Ersatzkette zu helfen, musste er andererseits seine Phantasie auf das Schmuckstück mit dem kleinen Anhänger lenken. Der räumliche Abstand zwischen Kette und Dusche aber war nicht groß. Konzentrierte er sich auf die Kette, hörte er schon das plätschernde Wasser. Er warf die Illustrierte in den Müll und rang seiner Tante das Versprechen ab, nie mehr so ein Schmierenblatt zu kaufen. Nach einigen Tagen hatte er sich beruhigt und schickte Steffi Graf einen finanziellen Sonderzuschuss für eine neue Kette.

Günter Parche stand um sechs Uhr morgens auf, zog sich an, setzte sich in der Küche vor den fertigen Kaffee und ein geschmiertes Honigbrot, ließ sich von der Tante mit einem Seitenblick begutachten und ging zur Arbeit. Er war Dreher bei den IFA-Motorenwerken. Um siebzehn Uhr war er wieder zu Hause, aß zu Abend und stieg in seine Dachstube. Dann begann sein andächtiges Zusammensein mit Steffi Graf. Die Dachstube glich einem Sanktuarium. Die Wände waren mit Fotos von Steffi Graf beklebt, in einem Regal standen Aktenordner mit Zeitungsartikeln über Steffi Graf. Das Wichtigste aber waren der Fernseher, das Videogerät und Günter Parches Archiv mit Filmaufzeichnungen von Tennisturnieren. Über diese Dinge und diese Gewohnheiten ging sein Lebensradius nicht hinaus. Kein einziges Mal besuchte er das dörfliche Wirtshaus. Er kannte dort niemanden, er trank nicht, und er vertrug auch nur Speisen, die seine Tante kochte.

Neben dem wenigen, was er liebte, dies aber ausschließlich, gab es einiges, was er ebenso ausschließlich hasste. Sein stärkster Hass galt seit je Russland und den Russen. Es fiel ihm leicht, sich vorzustellen, wie russische Panzer plötzlich, ohne Vorwarnung, ohne Anlass irgendwo tief in der Dunkelheit des Ostens anfuhren und sich einer flächendeckenden Pest gleich nach Westen bewegten, erst Thüringen überrollten, dann die Bundesrepublik und schließlich den Rest des hilflosen Westens. Das Ende der kommunistischen Regime Osteuropas erleichterte ihn ungemein und bestätigte ihn noch weiter in seiner Verehrung von Steffi Graf. Sie verkörperte das gute, helle, friedfertige Prinzip, das Günter Parche auch in Amerika erkannte. Der Sieg der Amerikaner über die Russen, als den Günter Parche die Wende betrachtete, stand in einem logischen Zusammenhang mit der Tatsache, dass Steffi Graf im Damentennis an der Spitze der Weltrangliste thronte. Unter seine Briefe schrieb er nun »Ein Freund aus den neuen Ländern«. Günter Parche erlebte eine Phase vollkommenen Glücks. Aber sie dauerte nicht lang, denn im Mai 1990 ereignete sich eine furchtbare, Günter Parche zutiefst erschütternde Katastrophe. Sie trug den Namen Monica Seles.

Bei den German Open in Berlin schlug sie Steffi Graf zum ersten Mal. Günter Parche fiel ins Bodenlose, er überlegte, sich umzubringen. Mit der Serbin Seles erhob der Osten wieder sein Haupt und zeigte sein widerwärtiges Gesicht. Dabei entging Günter Parche, dass Monica Seles zwar aus Serbien stammte, aber längst in Amerika lebte und auch die amerikanische Staatsbürgerschaft besaß.

Als Monica Seles Ende der achtziger Jahre in die Elite des Damentennis aufstieg und sich zur Kontrahentin Steffi Grafs entwickelte, wurde die Konkurrenz der beiden Sportlerinnen von der Öffentlichkeit tatsächlich zum Schauspiel eines charakterlichen Duells überhöht. Steffi Graf trat hochkontrolliert auf. Sie kämpfte mit Disziplin bis zur Verbissenheit. Sie erhielt den Namen Tennismaschine. Sie war als Sportlerin perfekt, wirkte aber als Person so farblos, als geizte sie mit allem Menschlichen. Sie absolvierte unglaubliche Leistungen und bot ansonsten mit ihrer Nüchternheit und ihrer rhetorischen Trägheit kaum Anknüpfungspunkte für das Unterhaltungsbedürfnis des Publikums. Bildreportagen, die Steffi Graf von ihrem hölzernen Image befreien sollten, sie als zärtliche Tierliebhaberin und neugierige Boutiquen-Besucherin darstellten, hinterließen einen eher peinlichen Eindruck. Dagegen wirkte bei Monica Seles alles, was sie tat und sagte, spontan, frei und ungehemmt. Sie spielte im Leben und im Tennis das verrückte Huhn. Sie kicherte und plapperte unentwegt, erzählte jedem Reporter, dass sie Hollywood-Schauspielerin zu werden gedenke oder wenigstens Model. Was schiere körperliche Schlagkraft betraf, kam Steffi Graf an Monica Seles nicht heran. Seles benahm sich mit dem Schläger in der Hand wie ein wilder Teenager. Sie packte ihn mit beiden Händen, Vorhand oder Rückhand, und gab bei jedem Schlag keuchende orgiastische Schreie von sich. Wenn Monica Seles gegen

Steffi Graf spielte, trat das Bild animalischer Triebhaftigkeit gegen das Bild rigider Vernunft an. In einer deutschen Zeitung hieß es, Graf spiele mit »großer Kraft«, Seles dagegen mit »roher Gewalt«.

Günter Parche beobachtete elend, wie sich diese Aggressivität von Spiel zu Spiel steigerte, bis Monica Seles ihre deutsche Widersacherin 1991 vom ersten Platz der Weltrangliste vertrieb. Im Juni dieses Jahres brach der Krieg in Jugoslawien aus. Kein Wunder in Günter Parches Augen. Die Welt sah ja auch tatenlos zu, wie eine Jugoslawin eine westliche Göttin zur Strecke brachte. Der Begriff »ethnische Säuberungen« regte ihn furchtbar auf. Die Drohgebärden von Karadžić gegen Washington meinten genauso gut ihn selbst und Steffi Graf. Alles Helle, Reine, Gute befand sich in schlimmster Gefahr, und Günter Parche fühlte, als er begann, über ein Attentat auf Monica Seles nachzudenken, die westliche Welt ganz auf seiner Seite. Als er erst einmal entschlossen war, ging alles andere so einfach, als wäre er nicht mehr Günter Parche, der selbst um das Wirtshaus an der Ecke einen Bogen machte.

Am Morgen des 30. April 1993 packte Günter Parche eine große Dauerwurst, ein paar Scheiben Brot, eine Flasche Limo und ein scharfes Küchenmesser in einen Rucksack, ging zum Bahnhof und fuhr mit dem Zug nach Hamburg. Es war die erste Reise seines Lebens, und er wuchs, indem er zügig und souverän alles bewältigte, was diese Reise ihm abverlangte, auf eine Weise über sich hinaus, wie jeder die Fähigkeit hat, über sich hinauszuwachsen, wenn es um Leben und Tod geht. Am Bahnhof fragte er sich durch. Am Nachmittag stand er in der Kassenschlange des Rothenbaum-Stadions. Er kaufte ein Ticket, fragte sich wieder durch, setzte sich in die neunte Reihe der Tribüne, die sich wie in einem Amphitheater rund um den Centre Court erhebt, und nahm den Rucksack so auf den Schoß, dass er unauffällig seine Hand hineinschieben und um den Griff des Küchenmessers legen konnte. Monica Seles spielte an diesem Tag gegen Magdalena Maleewa im Viertelfinale beim Hamburger Citizen Cup. Mit einem Sieg wäre sie ins Finale gegen Steffi Graf gekommen. Nur das wollte Günter Parche verhindern. Er wollte Monica Seles nur für ein paar Wochen lahmlegen und Steffi Graf damit einen Vorsprung verschaffen, um an die Weltrangspitze zurückzukehren. Hätte Seles das Viertelfinale gegen Maleewa verloren, wäre Günter Parche tatenlos nach Hause zurückgekehrt.

Aber sie war auf dem Weg zum Sieg. In einer Satzpause hatte sie sich auf ihre Bank an der Längsseite des Spielfeldes gesetzt. Sie hatte sich das Gesicht, den Nacken und die Arme abgetrocknet, das Handtuch um die Schultern gelegt und beugte sich gerade nach unten, um nach einem Getränk zu greifen. In diesem Moment stand Günter Parche, getrennt nur durch eine hüfthohe Absperrung aus Maschendraht, direkt hinter Monica Seles. Er war aufgestanden, hatte den Rucksack unter seinen Sitz, das Messer in seinen Ärmel geschoben und war, was niemandem auffiel, die Stufen zum Spielfeld hinuntergegangen. Er beugte sich weit nach vorne und stieß das Messer in den Rücken von Monica Seles. Er fügte ihr eine zwei Zentimeter tiefe Fleischwunde zwischen den Schulterblättern zu. Sie war nach einigen Wochen verheilt und hinterließ keinen körperlichen Schaden. Aber sie hinterließ bei Monica Seles ein Trauma, das sie für mehrere Jahre daran hinderte, bei Tennisturnieren aufzutreten, und sie fand nie mehr in ihre Karriere zurück. In das Erschrecken der Öffentlichkeit über die Tat mischte sich Entsetzen über ihre simple Ausführbarkeit. Irgendein Dörfler konnte mitten im Olymp der Sportwelt aufkreuzen und binnen einer Minute den für viele Millionen Dollar versicherten Körper einer

Athletin beschädigen. Er brauchte sich bloß mit einer Dauerwurst und einem Küchenmesser ins Stadion zu setzen.

Bevor Günter Parche nach Hamburg aufgebrochen war, hatte er seine Dachstube ausgeräumt, er hatte Bilder, Aktenordner, Videokassetten in zwei Koffern verstaut und diesen Schatz im Garten hinter dem Haus der Tante vergraben. Er hatte vor, den Koffer nach seiner Entlassung aus dem Gefängnis wieder auszugraben. Er rechnete mit zehn oder fünfzehn Jahren, denn er hatte die Höhe der zu erwartenden Strafe nach früheren DDR-Gesetzen veranschlagt. Aber es kam anders.

Das Hamburger Amtsgericht verurteilte ihn im Herbst 1993 zu einer Bewährungsstrafe. Dieses Urteil löste, vor allem in Amerika, wo Monica Seles lebte, eine Welle des Protestes aus. Eineinhalb Jahre später findet vor dem Hamburger Landgericht ein Berufungsverfahren statt, das Journalisten und Fernsehteams aus aller Welt anlockt, aus Kalifornien sind Versicherungsvertreter angereist, um den Prozess zu verfolgen. Ungläubig schauen sie auf den kleinen Mann auf der Anklagebank, der prädestiniert wäre, in einer Sitcom den verschrobenen Onkel einer Spießerfamilie darzustellen. Günter Parche ist der internationale Aufruhr, den sein Fall erzeugt, so gleichgültig wie die unterschwellige Bespöttelung seiner Steffi-Graf-Vernarrtheit. Interviewangebote, Einladungen in Talkshows, all die Signale, die ihm vermitteln, das er jetzt eine Berühmtheit ist, wehrt er unwillig ab, wie Belästigungen, die unappetitlich nach ihm greifen und nach dem, was ihm heilig ist. Das Landgericht bestätigt das Urteil der Bewährungsstrafe, es erkennt in der Prominenz und im sportlichen Prestige des Opfers keinen die Tat erschwerenden Sachverhalt, und Günter Parche kann nach Hause fahren.

RIEN NE VA PLUS

Jeder Satz erlogen, jede Geste inszeniert – ein Schmierenkomödiant ist Reinhard Wollrich, ein Mensch, dessen Persönlichkeit sich in Bluffs und Hochstapelei, in Tricks und Legenden erschöpft. Wahrscheinlich konnte er sich irgendwann von den Rollen, die er spielte, selbst nicht mehr richtig unterscheiden. Die jahrelange Lügerei hatte seine Natur aufgezehrt.

Besonders gut beherrschte er die Darstellung von Charakteren, die durch Tadellosigkeit beeindrucken, durch Korrektheit. Das Getue des pedantischen Bürokraten, der mit gerunzelter Stirn seine Gleitsichtbrille auf die Nase rückt und hingegeben Kleingedrucktes studiert, ging ihm so perfekt von der Hand wie die Galanterie des höflichen Gentleman alter Schule. Damit köderte er seine Opfer, und diese Opfer waren alte, allein lebende Frauen in Berlin. Sie ließen ihn in ihre Wohnung, wenn er an Sonntagnachmittagen mit dunklem Anzug, weißem Hemdkragen, Krawatte und einem Aktenkoffer am Arm an der Wohnungstür klingelte. Er gab sich als Angestellter der Hausverwaltung aus. Er tauchte fast immer zur gleichen Uhrzeit auf, zwischen vier und fünf. Dann eben, wenn Vereinsamte die Mittagsruhe verbracht, sich vielleicht eine Tasse Kaffee eingegossen, ein Plunderhörnchen auf den Teller gelegt haben und mehr als an anderen ihrer leeren Tage mit der Sehnsucht nach Besuch hadern, mit der Vorstellung, wie es wäre, wenn jetzt eine Schwester mit dem Schwager durch die Tür träte, oder ein Sohn mit dem Enkel, der sich gegen die Hüften seiner Oma drücken und bestaunen ließe, weil er schon wieder gewachsen ist.

»Entschuldigen Sie tausendmal die Störung, verehrte Dame. Ich hoffe doch, nicht ungelegen zu sein«, so stellte sich Reinhard Wollrich vor, ein bisschen geziert, ein bisschen betulich, wie es den etwas süßlichen Manieren von Filmhelden entsprach, die vor einem halben Jahrhundert verehrt wurden. Auf die Höflichkeit setzte er noch eine Portion Charme: »Sie sehen in mir hoffentlich keinen Teppichhändler, das würde mich doch ein wenig beleidigen.« Dann wurde er umgehend ernst, nahm die Miene eines Mannes an, den Weltbewegendes umtreibt. »Lassen Sie mich bitte kurz erklären, weshalb ich hier unangekündigt in Ihre Sonntagsruhe hereinschneie.« Gleichzeitig öffnete er seine Aktentasche, holte einen Briefumschlag heraus und erklärte, in dem Umschlag befände sich ein Schreiben der Hausverwaltung, welches schon in den nächsten Tagen an alle Mieter des Hauses versandt und sie über eine fundamentale Veränderung ihrer Wohnsituation informieren werde. Sehr wahrscheinlich würde das Haus nämlich in Kürze an einen Investor verkauft, was zur Folge habe, dass die Mietwohnungen in Eigentumswohnungen umgewandelt würden. Ach Gott, sagten die alten Frauen und ließen den Mann, durch den eine solche Schreckensbotschaft in ihre Existenz drang, unwillkürlich weiter in die Wohnung. Stand Wollrich im Flur, versetzte er ihnen den nächsten Schock: »Das könnte schlimmstenfalls natürlich bedeuten, dass Sie, was mir persönlich furchtbar leid täte, aus der Wohnung müssen.«

Genauso gut kann man Schiffspassagieren auftragen, die Rettungswesten anzuziehen und in den Ozean zu springen. War die Wirkung der katastrophalen Nachricht auf dem Höhepunkt, die Angst ausreichend im Gemüt der Alten verbreitet, bot Wollrich einen Weg der Rettung und sich als Retter an.

»Und eben deshalb wollte ich mit Ihnen, Verehrteste, persönlich sprechen und Ihnen den Brief selbst vorbeibringen. Wir finden da eine Lösung. Es ist doch ganz unzumutbar, dass Sie hier ausziehen, ganz unzumutbar. Sie können sich vollkommen auf mich verlassen. Es müssen ja nicht alle Mieter aus dem Haus, am Ende werden nur die, die die ganze Sache wie üblich verbummeln und sich um nichts kümmern, mit den Möbeln auf der Straße stehen. Je früher Sie etwas unternehmen und sich an die Hausverwaltung wenden, desto sicherer gehören Sie nicht zu denen, die mit den Möbeln auf der Straße stehen. Sehen Sie, deswegen komme ich extra am Sonntag vorbei. Die anderen Mieter haben den Brief erst in der nächsten Woche im Briefkasten. Sie sind die einzige, die heute schon Bescheid weiß, da kann Ihnen gar nichts passieren. Ich helfe Ihnen sehr gern, wir setzen uns hin, schreiben ein paar Zeilen an die Hausverwaltung, ich mache das natürlich für Sie, dann müssen Sie nur noch unterzeichnen.«

Er variierte seine Lügengeschichte, je nachdem, wie er den Zustand von Gehör und Gehirn der Frauen einschätzte. Manchmal ließ er das Fremdwort Investor weg und redete nur allgemein von einer bevorstehenden Kündigung. Es ging ihm lediglich darum, die Wendung »wir setzen uns hin« in seinem Redeschwall unterzubringen, um weiter in die Wohnung einzudringen, in Küchen oder Wohnzimmer zu gelangen. Hatte Reinhard Wollrich schließlich Platz genommen und saß an einem Tisch, holte er ein Blatt Papier und einen Füllfederhalter aus der Aktentasche und begann irgendetwas aufzuschreiben, irgendwelche Sätze im verdrehten Bürokratendeutsch. Nebenbei stellte er Fragen nach dem allgemeinen Wohlbefinden der Damen, lobte den adretten Zustand der Wohnung, machte Komplimente, gab zu erkennen, dass er keineswegs in Eile sei, ließ sich, was die Situation leicht ergab, Kaffee und Kuchen anbieten.

Es kostete Reinhard Wollrich wenig Mühe, wenig psychologische Raffinesse, Vertrauen zu erringen. Er musste nichts weiter tun als die Rolle des geneigten Zuhörers spielen und Empfänglichkeit heucheln für die Sorgen, die sich nun wie durch ein ruckartig geöffnetes Ventil entluden; Altersbeschwerden und schlaflose Nächte, Familienzank und Nachbarschaftsstreit, Kummer über die beständigen Preiserhöhungen von Gas und Strom. Wollrich hörte sich alles an, nickte mit dem Kopf, beschwichtigte, beruhigte. Er ging, wenn im Katalog der Kümmernisse das ungelöste Problem der späteren Grabpflege auftauchte, sogar so weit, sich andeutungsweise selbst für die Erledigung dieser Pflicht zu empfehlen. Aber bis dahin, warf er dann mit einem fröhlichen Ruck in der Stimme ein, sei ja wahrhaft noch viel Zeit. Vor dem Tod solle doch erst einmal ans Leben gedacht werden. Wollrich musste nur warten, bis sich eine Gelegenheit ergab, die Frage nach den finanziellen Versorgungsverhältnissen so geschmeidig in den Gesprächsfluss zu schieben, dass die alten Frauen gar nicht bemerkten, wie sie vom Ufer in die Strömung gestoßen und weggetragen wurden. Keine machte es stutzig, dass der Unbekannte, der da plötzlich in ihrer Wohnung saß und sich nach Rente und Barvermögen erkundigte, durchsichtige Gummihandschuhe trug, wie sie in der Medizin benutzt werden. Keine dachte daran, dass sie in Dutzenden Fernsehsendungen vor genau der Gefahr gewarnt worden waren, der sie jetzt erlagen. Sie ignorierten sie, der unerwarteten Geselligkeit zuliebe.

»Sie haben doch hoffentlich alles, was Sie an Geld im Haus verwahren, in Euro umgetauscht?«, fragte Reinhard Wollrich. Dann machte er eine kurze Pause, als sei er selbst erstaunt, einer Person gegenüberzusitzen, die ihm keine andere Wahl ließ, als so zu insistieren: »Und alle Scheine noch mal überprüfen lassen, ob sie auch echt sind?« – Echt? – »Meine Liebe, ich will Ihnen keinen Schreck einjagen, eigentlich dürfte es so was natürlich gar nicht geben, aber die ganze Euro-Umstellung hat uns alle überfordert, bei den Banken herrschte das reinste Chaos, und das wurde natürlich von Gesindel ausgenutzt. In allen Zeitungen stand ja, dass aus Polen haufenweise falsche Euroscheine nach Deutschland gekommen sind, Blüten nannte man das zu unserer Zeit, wertloses Papier, wenn Sie so was im Haus haben, können Sie das Geld genauso gut durch die Toilette spülen.«

Es waren mehr als hundert Frauen, die Reinhard Wollrich ihr im Haushalt verstecktes Geld überließen. Geradezu erleichtert nahmen sie sein Angebot an, die, wie Wollrich sagte, »Echtheitsprüfung« der Scheine bei einem Bankinstitut für sie zu erledigen. Sie öffneten Kaffeedosen, stemmten Matratzen in die Höhe, wühlten hinter Unterwäsche im Schrank. Reinhard Wollrichs Trick bestand im Kern ganz einfach darin, Menschen, die sich vielem längst nicht mehr gewachsen fühlen, das ganze Ausmaß ihrer Lebensferne, ihrer Lebenswackligkeit beizubringen, was auf nichts anderes hinauslief, als ihnen ihre Todesnähe zu verkünden. Diese hinter allen Ängsten stehende, letzte Furcht war es wohl auch, die sie wehrlos machte gegenüber einem Schwindler, der im selben Atemzug versprach, die materielle Grundlage ihres Lebens zu retten.

Wenn sich Reinhard Wollrich freitags auf Berliner Postämtern und an den Kassenschaltern von Banken herumtrieb, Ausschau haltend nach weißhaarigen Personen weiblichen Geschlechts, ahnte er schon an der Umständlichkeit, mit der die Gebeugten und Gebrechlichen die vom Kassierer hingezählten Scheine in der Handtasche verstauten, an der verzagten Umklammerung der Tasche auf dem Nachhauseweg, an der Anstrengung, das Geld so schnell wie möglich in die Wohnung zu schaffen, dass sich dort das Versteck, das eigentliche Depot viel höherer Beträge befand. Er wusste, dass Alte, die sich den Besuch der Bank nervlich kaum mehr zutrauten, aus diesem Ohnmachtgefühl ein bestimmtes Misstrauen gegen die Institution ableiteten, die das Ziel der beschwerlichen Unternehmung darstellte. Sie wollten, was ihnen gehörte, möglichst in der Nähe haben, weil Ferne, gleich welche, sie verängstigte. Von der Bank aus folgte Wollrich ihnen. Er ging den Frauen bis in den Hausflur nach, ja meist bis direkt vor ihre Wohnungstür. Manchmal grüßte er sie sogar im Vorbeigehen, sie erkannten ihn nicht wieder, wenn er am Sonntagnachmittag klingelte und ihnen die Rolle des besorgten Angestellten ihrer Hausverwaltung vorspielte.

Reinhard Wollrich log auch, wenn er sich nicht auf Beutezug befand. Er log die Bäckersfrau an, die sich wunderte, ihn zwei Wochen nicht gesehen zu haben, und berichtete ihr von einem geschäftlich bedeutsamen Aufenthalt in Amerika, wo er in Wahrheit noch nie gewesen war. Er log automatisch, so automatisch, wie er atmete. Er setzte Lügen in die Welt, die keinen anderen Zweck erfüllten als den, Fiktionen seiner Person, seiner Erlebnisse, seines Lebens zu schaffen, beständig wechselnde Fiktionen, denen natürlich eines gemeinsam war: sie stellten ihren Erfinder als größeren, bedeutsameren, extravaganteren Menschen dar.

Corinna gegenüber, einer jungen Frau, die Reinhard Wollrich kennenlernte, als er noch als Kleinunternehmer tätig war und einen Schlüsseldienst betrieb, gab er sich als verheirateter Mann aus, um zu begründen, weshalb die Affäre von seiner Seite aus nur sehr dosiert geführt und er ihr nur gelegentliche Besuche abstatten könne. Bei diesen Besuchen trug er einen billigen Ehering, den er sich für die Affäre mit Corinna extra gekauft hatte. Er log ihr auch ein Abitur vor, das es nicht gab, ein Hochschulstudium, Herkunft aus großbürgerlichen Verhältnissen. Er erzählte, fünf Fremdsprachen fließend zu beherrschen, zwei hätten genügt, die junge Geliebte zu beeindrucken. Reinhard Wollrich konnte tatsächlich gut kochen. Stand er, meistens unangemeldet und überraschend, vor Corinnas Wohnungstür, hatte er Tüten voller Köstlichkeiten dabei, Zutaten für ausgefallene, exotische Gerichte. Während er sie in der Küche ausbreitete, sich eine Schürze umband, Pfannen, Töpfe, Messer, Löffel, Mixgerät aus den Schränken holte, um sich als mitreißender, sinnenfreudiger Freizeitkoch ans Werk zu machen, schwadronierte er von Reisen mit Wolfram Siebeck, von gemeinsamen Gelagen in Fünf-Sterne-Restaurants quer durch die Welt. Er malte solche Geschichten bis ins Detail aus, legte den Kopf in den Nacken, um sich an die Menufolge der mit Wolfram Siebeck eingenommenen Mahlzeiten zu erinnern, an die Tischkonversation, an Anekdoten und Pointen des so über die Maßen unterhaltsamen Herrn Siebeck, an das Designerkleid, welches Siebecks Gattin, die angeblich auch dabei war, bei dieser Gelegenheit trug.

Mehrere Jahre war Reinhard Wollrich mit Corinna liiert. Auch als sie ein Kind von ihm bekam, verschonte sie ihn mit Forderungen, sich zu ihr zu bekennen oder gar mit ihr zusammenzuleben. Sie wollte das Leiden der, allerdings erfundenen und in der Erfindung krebskranken Ehefrau Reinhard Wollrichs, die angeblich von seiner Pflege und seiner Loyalität ganz und gar abhängig war, nicht verschlimmern. Corinna wurde von ihrem Gelegenheitsliebhaber Reinhard

Wollrich über sämtliche Etappen der Krankheit, über fehlgeschlagene Chemotherapien, über die Kämpfe mit Schulmedizinern und den Ärger mit ausländischen Pflegekräften auf dem Laufenden gehalten. Wollrich weinte sich bei Corinna aus, er vergoss Tränen, wenn er von der Tragödie seiner Frau erzählte und von der eigenen Tragödie als Ehemann, der es nicht übers Herz brächte, die Kranke im Stich zu lassen, obwohl er eine andere, eben Corinna, liebe. Er war in einer Weise verzweifelt, wie es eigentlich nur ein Mensch sein kann, den wirkliche Verzweiflung schüttelt. Tatsächlich gab es ja in Reinhard Wollrichs Leben Gründe, wenn auch ganz andere, für solche Gefühle, für Niedergeschlagenheit und Zukunftsangst. Er nutzte sie, wie professionelle Schauspieler es auf der Bühne tun, für seine Auftritte vor Corinna. Sie glaubte alles und litt mit. Sie vermisste Wollrich, wenn er zwei Monate lang nichts von sich hören ließ, sie war glücklich, wenn er plötzlich, die Arme voll mit Spielsachen für das Kind, wiederauftauchte und sie mit Liebesschwüren einlullte. Sie wusste ja, dass er ein Doppelleben führte, nur hielt sie es für das eines Ehebrechers, der sich zwischen zwei Frauen und zwei Haushalten aufteilt. Dass Reinhard Wollrich, ein Jahr nachdem sie ihn kennengelernt hatte, pleiteging und den Schlüsseldienst aufgab, dass er hochverschuldet war, überhaupt keine Arbeit mehr hatte und seine Nächte an Roulettetischen verbrachte, dass sich sein Doppelleben in Wahrheit zwischen Spielsucht und Kriminalität aufspannte, das alles ahnte sie nicht. Sie sah seine Getriebenheit und glaubte zu wissen, woher sie unglückseligerweise rührte.

Eine Nachbarin hatte ihr einmal die Telefonnummer von Wollrichs Schlüsseldienst gegeben, als ihr an einem Samstagnachmittag im Oktober 2001 die Wohnungstür zugefallen war. Sie hatte Mülltüten weggebracht und den Schlüssel in der Wohnung liegen lassen. Reinhard Wollrich kam, öffnete die Tür und kehrte am Tag darauf mit einem Rosenstrauß und einer Flasche Champagner zurück. Corinna verbrachte mit Wollrich den Nachmittag, wurde zum Essen am Kurfürstendamm und am Abend zum Opernbesuch eingeladen. Sie war sofort verliebt, und Reinhard Wollrich war es, zumindest den äußeren Anzeichen nach, auch. Kurze Zeit später, im Winter 2001, wurde er zum Trickbetrüger und begann, alte Frauen zu bestehlen.

Es war Reinhard Wollrich gar nicht unrecht, den Schlüsseldienst und die Existenz als Kleinunternehmer los zu sein. Er fühlte sich nicht geschaffen für das Niveau kleinkarierter Normalität, für mittelmäßige Allerweltsmoral und Allerweltsansprüche, er sah sich als Ausnahmemensch, als eine Art Genie, das sich die Bahn freiräumen musste, um das große, ihm bestimmte Ziel zu erreichen. Dieses Ziel war, wie bei jedem obsessiven Roulettespieler, der maximale Gewinn, die Sprengung der Casinobank. Für Wollrich war es nur eine Frage der Zeit, bis diese Sensation eintreten würde. Und diese Zeit mit dem Öffnen von Türschlössern zu verplempern war in den Augen Reinhard Wollrichs, den das Schicksal nun einmal befähigt hatte, den ultimativen Gewinncode zu knacken, geradezu frevelhaft. Wollrichs Logik nach waren die alten Frauen, die er beschwatzte und betrog, geradezu verpflichtet, das tote Kapital, mit dem sie gar nichts anzufangen wussten, herauszurücken und es einem Mann zu überlassen, der es so dringend benötigte wie ein Nierenkranker ein gesundes Organ. Wer das Mittelmaß der Menschheit so weit, so unabweisbar überragte, wie Reinhard Wollrich es nun zu tun glaubte, ließ ganz selbstverständlich auch moralische Gepflogenheiten und Gesetze hinter sich. Nie wäre Wollrich auf die Idee gekommen, das Wort »kriminell« auf sich und sein

Handeln anzuwenden. Die Wissenschaft, empfand er, durfte vielmehr dankbar sein, sich in der Zukunft auf seinen Fall stürzen zu können, auf seinen faszinierenden Charakter, auf die Besonderheit seiner Biografie. Eine Studie, ja ein Kongress zum Thema: Das komplexe Wesen des Spielers, oder etwas in der Art, wäre nicht zu viel verlangt.

Von seiner Liebschaft mit Corinna abgesehen, hatte Wollrich keine Kontakte mit anderen Menschen. Er lebte in einer heruntergekommenen Einzimmerwohnung, in der sich außer einem Bett, einem Tisch und Stuhl, einem Wasserkocher und einer Kleiderstange, an der Wollrichs Anzüge, Hemden und Krawatten hingen, kaum Gegenstände befanden. Wollrichs Besitz war auf seine Casinogarderobe und eine Handbibliothek mit Büchern über Methodik und Wahrscheinlichkeitsmathematik des Roulettespiels zusammengeschrumpft. Er führte das Leben eines Junkies, eines Glücksspieljunkies. Saß er einen Tag ohne Geld auf dem Trockenen, litt er unter Entzugserscheinungen. Er hatte Schüttelfrost, Herzrasen, war schlaflos, nahm im Wechsel Aufputsch- und Beruhigungsmittel ein, die ihm ein Arzt verschrieb, der an Reinhard Wollrich die klassischen Burnout-Symptome eines überlasteten Managers diagnostizierte. Wollrich hatte dem Arzt in allen Farben geschildert, wie die enormen Aufgaben, die er als Vorstandsvorsitzender eines internationalen Unternehmens zu erfüllen habe, die Privilegien einer solchen Position relativierten. Er steigerte sich in seine Rolle so hinein, dass er sie am Ende selbst für Realität hielt. Wenn er in der Apotheke am Verkaufstresen die verschriebenen Medikamente entgegennahm, schaute er erschrocken auf seine Armbanduhr, als hätte er vergessen, wie spät es schon war, machte eine Bemerkung über den Flug, den er auf keinen Fall verpassen dürfe, und schob hinterher: »Hongkong wartet.«

Sein Alltag orientierte sich an den Öffnungs- und Schließzeiten von Casinos und an den Fahrplänen der Deutschen Bundesbahn. Wollrich spielte hauptsächlich in Berlin Roulette, aber auch in Baden-Baden, in Hamburg, in anderen Städten. Da er sich Hotels nicht leisten konnte, verbrachte er die frühen Morgenstunden zwischen Casinoschluss und der Zugabfahrt in den Warteräumen von Bahnhöfen. In Berlin angekommen, ging er in seine Wohnung, ruhte sich ein paar Stunden aus, machte sich frisch, zog sich Anzug und Krawatte an und ging ins Casino. Das war sein Alltag, unterbrochen von gelegentlichen Besuchen bei Corinna sowie den Freitagen und den Sonntagen, die der Geldbeschaffung dienten. Seine Realität glich einer Landkarte, in der Fähnchen zweierlei Farben steckten. Die eine Farbe markierte Städte, in denen sich Spielcasinos befanden, die andere Farbe markierte Berliner Wohnadressen von alten Frauen, die er auszurauben plante.

Während sie sich umdrehten oder ins Nebenzimmer gingen, um ihr Geld zu holen, schnitt er schnell das Telefonkabel durch. Es war der einzige Akt gegenständlicher Aggression. Nie gebrauchte Reinhard Wollrich Gewalt, nie eine Waffe. Die einzige, die er besaß, war die Maskerade des Mitgefühls. Er erbeutete im Lauf von zwei Jahren mindestens eine Viertelmillion Euro. Er nahm Beträge von 10 000 Euro, 20 000 Euro, einmal sogar 70 000 Euro mit. Ein paarmal half er selbst beim Suchen nach dem Geld. Die Frauen hatten vergessen, wo sie es zuletzt versteckt hatten. Es sollte in der Schlafzimmerkommode sein, fand sich am Ende aber hinter der Vorhangstange oder im Besteckkasten. Der Beute erging es wie fein präpariertem Obst, das über Jahre in Einweckgläsern darauf wartet, bei einer exklusiven Gelegenheit verzehrt zu werden und, wenn sich diese schließlich findet, an Esser gerät, die die Köstlichkeit nicht zu schätzen wissen und sie in den Müll wandern lassen. Das Geld, das Reinhard Wollrich aus den Haushalten der Betagten mitnahm, tauschte er noch am selben Abend in Jetons um. Er war sich sicher, dass es keinem der von ihm ausgesuchten Opfer gelingen könnte, ihm nicht auf den Leim zu gehen. Doch einer alten Frau gelang es. Als Reinhard Wollrich am Sonntagnachmittag zwischen vier und fünf Uhr bei ihr klingelte und sein Hausverwaltungsmärchen vorbrachte, schlug sie ihm die Tür vor der Nase zu und rief augenblicklich die Polizei an, die sich schon lang und bis dahin erfolglos mit der Aufklärung der monströsen Betrugsserie herumschlug. Zwanzig Minuten später wurde Reinhard Wollrich in einer nahe gelegenen U-Bahn-Station festgenommen.

Im Gerichtssaal benimmt er sich wie ein Gutachter, dessen Aufgabe es ist, Richter und Zuhörer mit den psychologischen Raffinessen des Falls Wollrich vertraut zu machen. Er doziert und referiert, er steht sogar auf, um seine Vorträge zu Gehör zu bringen, er spricht sein Publikum als »sehr geehrte Herrschaften« an und erklärt: »Sie können leichterdings mein Faible für die Geheimnisse des Roulettes verknüpfen mit meinem emotionalen Zugang zu den Geheimnissen der Herzen alter Menschen, die sich mir öffneten.« Solcherlei theoretische Einsichten bewahren Reinhard Wollrich allerdings nicht davor, zu mehreren Jahren Haft verurteilt zu werden.

KLASSENFEIND

Noch bevor die Entscheidung gefallen war, ob es überhaupt zur Welt kommen sollte, wurde nächtelang über den Namen des Kindes diskutiert. Andreas, Che, Carlos, Holger, das war die Auswahl. Anka hielt sich, welcher Terrorist oder Revolutionär als Namensgeber auch immer ins Spiel kam, bedeckt. Sie ahnte, dass ihre Chance, das Kind zu behalten, auch davon abhing, ob und wie lang das Ungeborene Diskussionsstoff bot. Und sie ahnte, dass es ein Vorteil war, wenn sie zu allem schwieg, da Äußerungen aus ihrem Mund an den Verrat erinnert hätten, der eben darin bestand, dass sie schwanger geworden war.

Rollo, den Vater des Kindes, kannte sie seit ihrem Einzug in die alte Kreuzberger Fabriketage. Sie wohnten dort zu acht, sechs Männer und zwei Frauen, zusammen mit drei Schäferhunden. Ihre Matratzen lagen auf dem Betonboden der vier kleinen Zimmer, die sich den Querseiten des Maschinenraums einer ehemaligen Druckerei anschlossen. Aus ihrem Besitz war ein großer dunkler Holztisch mit tiefen Schubladen übriggeblieben. Er war, außer den ringsum gruppierten Stühlen und einem Regal vor dem Fenster, das einzige Möbelstück in der Etage. Zum Kochen benutzten sie einen flachen Zweiplattenherd, wie Camper ihn besitzen, er lag auf dem obersten Regalbrett, in den Brettern darunter befanden sich Lebensmittel, Bananen, Kaffee, Zuckertüten, Tomatensoßen in Gläsern, ein Dutzend Großpackungen mit Spaghetti. Daneben standen Bierkästen auf dem Boden, ein paar

Weinflaschen mit Schraubverschluss und Colaflaschen. Es gab kein Badezimmer in der Etage, nur ein Porzellanwaschbecken in einer Ecke des großen Raums und eine Toilette im Treppenaufgang. Einmal in der Woche gingen sie zum Duschen in ein Kreuzberger Hallenschwimmbad.

Mitte der achtziger Jahre hatte die Druckerei den Betrieb eingestellt, danach stand die Etage leer, bis Hausbesetzer sie in Beschlag nahmen. Die Lage des Gewerbekomplexes an der vierspurigen, von einer lärmenden Hochbahn geteilten, von Dönerbuden und Billigläden gesäumten Straße war für Investoren uninteressant. Aus der dürftigen Ödheit der Gegend ergab sich kein Milieu, keine Beschaulichkeit, sie bot nicht jenen animierenden Schlendrian, der Künstler, Restaurants, Galerien angezogen hätte. Ein gleichgültiges Nebeneinander von Rentnern, Ausländern und Hausbesetzern.

Die Besetzer kamen und gingen, äußerlich kaum voneinander zu unterscheiden. Sie trugen schwere Schnürstiefel und schwarze Kapuzenjacken und zogen Hunde an Stricken hinter sich her. Auf fast allen Etagen des Gebäudes, in dem Anka und Rollo lebten, hatten sie sich einquartiert, mal waren es sechzig, mal siebzig Leute. Sie nannten sich autonomes Kollektiv, die untergeordneten Wohngruppen hießen Zellen. Jede Zelle hatte einen Chef, er entschied über die Sprühparolen an den Wänden und über politische Aktionen, er entschied auch, wer mit wem in einem Raum auf der Matratze schlief, ob es Paare geben durfte oder nicht. In der Zelle von Anka und Rollo war die Bildung von Paaren unerwünscht, sie galt schon deshalb als reaktionär, weil sie die überzähligen Männer benachteiligt hätte. Über die Zulässigkeit von Intimverkehr war nie ein Urteil gefallen, und der Gedanke an eine Schwangerschaft war so weit entfernt wie eine andere Galaxie.

Anka war in der fünften Woche, als sie den Test machte. In der sechsten Woche sagte sie es Rollo. Er ließ zwei Tage vergehen und wartete, wie man die Anzeichen einer Erkältung abwartet in der Hoffnung, sie würde sich wieder verziehen. Am dritten Tag meldete Rollo beim Zellenchef eine Sitzung an. Sie fand noch am selben Abend statt. Rollo fühlte sich wie in einer von allen Seiten zuschnappenden Falle. Er wollte kein Kind, natürlich nicht. Aber er hatte das Kind gezeugt, ihm fiel nach drei Stunden Diskussion kein Argument mehr ein, um sich gegen den Vorwurf heimlich gehegter Familienabsichten zu verteidigen. Rein faktisch war die Zeugung eines Kindes die Eintrittskarte ins Theater der bürgerlichen Familie, diese der Staat im Kleinformat, Rollo folglich dabei, zum Feind überzulaufen. Rollo beteuerte seine Treue zum Kollektiv, er deutete auf Anka, die an derselben Tischseite wie er, aber nicht neben ihm saß. Sie, sagte Rollo, sei am Zug, es sei schließlich ihr Körper, in dem sich das Kind befände, an ihr hinge, schon aus biologischen Gründen, die Schuld an der Situation, sie müsse sich entscheiden, ob sie im Kollektiv bliebe oder ginge, das Kind abtreiben ließe oder nicht. Rollo hörte die Miesheit der eigenen Sätze, er merkte, dass er sich verhielt wie ein feiger Kleinbürger, dass er sich in der Falle zappelnd immer weiter verrenkte. Vor den Fenstern begann es hell zu werden, als der Zellenchef die Sitzung beendete. Am nächsten Abend diskutierten sie über den politischen Widerspruch von Abtreibungen. Kamen sie den Interessen des Klassensystems entgegen, weil die Reichen sich Kinder leisten konnten, die Armen nicht? Oder waren Abtreibungen subversiv, weil sie dem Staat den Nachwuchs an neuen Untertanen entzogen? Anka sagte fast nichts. Sie hatte eine Bierflasche in der Hand, wie alle anderen, aber sie trank nur winzige Schlucke. Beim Rauchen achtete sie darauf, das verräterische

Aufblähen der Wange zu vermeiden. Sie machte keine Lungenzüge mehr, bewegte den Rauch nur in der Mundhöhle hin und her.

Sie kam in die achte Woche. In der Telefonkabine eines Postamts erzählte sie ihrer Mutter, die in einer fränkischen Kleinstadt lebte, von der Schwangerschaft. Komm nach Hause, komm doch nach Hause, flehte die Mutter, wir lassen dich ganz in Ruhe, wir bauen den Keller aus, da kannst du doch mit dem Kind wohnen. Anka überlegte, wie es wäre, in eine normale Berliner Wohngemeinschaft zu ziehen, mit Badezimmer, Küche und Bett. Aber sie unternahm nichts. Zum einen, weil sie sich von Rollo nicht trennen wollte, zum anderen, weil das unternehmungslose Sichtreibenlassen die einzige ihr wirklich vertraute Lebensform war. Sie hoffte, dass das Kind, wenn es erst einmal da wäre, in der Etage gar nicht auffallen, dass es, so selbstverständlich wie die Hunde, nebenher existieren würde. Dann, in der zehnten Woche, begann die Namensdiskussion. Sie stimmten ab: Vier Stimmen für Che, zwei für Andreas, eine für Carlos, eine für Holger. Irgendjemand erinnerte sich daran, dass Rudi Dutschke einen Sohn Hosea-Che genannt hatte, und Rudi Dutschke, sagte der Zellenchef, sei im Revisionismus steckengeblieben. Sie stimmten noch einmal ab. Nun entfielen fünf Stimmen auf Holger. Die Vorstellung, dass das Kind unter der, wenn auch nur namentlichen Patenschaft des Terroristen Holger Meins, somit in der Erbfolge des antiimperialistischen Kampfes stehen würde, wirkte sich mit der Zeit mildernd, neutralisierend auf die Stimmungslage aus. Die Feindseligkeit gegenüber der Schwangerschaft verlief sich in Gleichgültigkeit, in Desinteresse der Hausbesetzer, bis es ohnehin zu spät war für eine Abtreibung. Als Anka im sechsten Monat war, schickte ihre Mutter die Grundausstattung für ein Baby. Sie schickte eine Wickelkommode, eine kleine Badewanne, eine Wiege und zwei Umzugskartons, gefüllt mit Strampelanzügen, Mützchen, Babybettzeug und einem Schaffell. Die Dinge kamen als Beiladung einer Speditionsfracht nach Kreuzberg. Die Spediteure wollten Ankas Personalausweis sehen, bevor sie die Möbel und Kartons durch die Eisentür am Eingang der Etage in eines der Matratzenzimmer trugen.

Es war ein Mädchen, und es kam zu früh, am Anfang des achten Monats, in einem Kreuzberger Krankenhaus auf die Welt. Da es dort keine Abteilung für Frühgeburten gab, wurde das Kind in eine Klinik in einem anderen Stadtviertel gebracht. Dort blieb es sechs Wochen, Rollo besuchte es täglich. Am Anfang, als Anka noch auf der Geburtsstation lag, fuhr er mit der U-Bahn zwischen den beiden Krankenhäusern hin und her. Fast schämte Anka sich jetzt, Rollo die Fähigkeit zum Vatersein nicht zugetraut zu haben. Das Neugeborene veränderte ihn, wie sich, beeinflusst von der Freude über sein bereitwilliges Mitmachen, auch Ankas Blick auf die Räumlichkeiten und auf die Bewohnerschaft der Etage veränderte. Anstelle des Widrigen sah sie jetzt etwas nahezu Idyllisches, das Gruppenbild einer freundlich wimmelnden Großfamilie, die Hausbesetzer in den anderen Etagen darum herum ließen sich als Geflecht einer Dorfgemeinschaft betrachten, wie es sie in früheren Zeiten gegeben hatte. Im besten Fall würde das Kind den antikapitalistischen Sinn des Kollektivs sogar noch hervorheben.

Die Hebamme, welche die häusliche Nachsorge übernahm, nachdem Anka mit dem Schaffellbündel in die Etage zurückgekehrt war, beurteilte die Lebensumstände der Wöchnerin zwar als ungewöhnlich im höchsten Maß, aber nicht als alarmierend in medizinischer Hinsicht. Das Kind war gesund und unkompliziert, es entwickelte sich normal, es war gepflegt, sauber, tadellos gewickelt, es trank aus der Flasche, machte weder einen überreizten noch einen reaktionsschwachen Eindruck. Die Hunde zeigten respektvolle Neugier.

Tagsüber lag das Kind im ehemaligen Druckereiraum in einem Korb, meist in der Nähe des Zimmers, in dem Anka, inzwischen gemeinsam mit Rollo, schlief, eine Umgruppierung, der der Zellenchef zugestimmt hatte. Nachts lag es in der Wiege neben den Eltern. Wenn es aufwachte, zweimal oder dreimal in der Nacht, weil es Hunger hatte oder gewickelt werden musste, schrie es. Es hörte sofort auf zu schreien, wenn seine Bedürfnisse befriedigt waren, aber das Schreien war laut genug, um die Hausbesetzer, zumindest ein paar von ihnen, zu wecken. Manchmal murmelten sie nur missmutig, manchmal pöbelten sie aus ihren Zimmern: »Kann das Scheißbalg mal endlich Ruhe geben?!«

In den hohen, fast leeren Räumen verstärkte sich schon der erste, zum Schreien ansetzende Ton aus dem Mund des Kindes zum Sirenenton. Anka oder Rollo, sie wechselten sich ab, sprangen von der Matratze, nahmen das Kind so schnell wie möglich auf den Arm, beeilten sich mit dem Wickeln, dem Erwärmen der Milchflasche in einem Wassertopf auf dem Zweiplattenherd, mit dem Füttern. Sie fürchteten sich mehr und mehr vor dem Protest des unsichtbaren Publikums und davor, dass der Ärger der Hausbesetzer in den nächsten Tag hineinreichen und schließlich das Kind generell betreffen würde, die Tatsache, dass es da war.

In einer Nacht, im Sommer 1988, war Rollo mit dem Kind allein, Anka in der Nachbaretage, um ungestört durchzuschlafen. Es war gegen fünf Uhr morgens, das Kind ließ sich nicht beruhigen. Rollo hatte es gewickelt, gefüttert, aber es schrie und hörte nicht auf. Er legte es vor sich auf den Wickeltisch, er flüsterte mit ihm, er zog die Spieluhr auf, er spürte, wie sich in den anderen Räumen Unmut regte, wie Tumult entstand. Er schlug dem Kind zweimal ins Gesicht, rechts und links, zwei harte Ohrfeigen. Der Kopf des Kindes flog von einer Seite zur anderen, die gerade gefütterte Milch schwappte aus den Ohren, das Gesicht schwoll in Sekunden an, es war still und reagierte nicht mehr und atmete unregelmäßig. Am nächsten Tag fuhren Rollo und Anka mit dem Kind in ein Krankenhaus. Das Trommelfell war geplatzt, ob und wie das Gehirn des Kindes geschädigt worden war, konnten die Ärzte nicht bestimmen. Sie benachrichtigten das Jugendamt. Anka durfte das Kind behalten, aber sie musste die Hausbesetzeretage verlassen. Sie zog zu ihren Eltern nach Franken, von Rollo hörte sie nichts mehr. Er verließ Berlin ein paar Monate später und ging nach Südfrankreich, in ein Dorf in den Pyrenäen, das seit dem Zweiten Weltkrieg unbesiedelt gewesen war, bis ein deutscher Jugendherbergsleiter die von dornigem Gestrüpp überwachsene Ruine in den sechziger Jahren kaufte und als Domizil einer Landkommune nutzte. Junge Leute aus England, Amerika, aus Australien lebten dort, und nun auch Rollo. Er arbeitete als Schafhirte, nach ein paar Jahren hatte er das Kind fast vergessen.

Wie schwer es behindert war, zeigte sich, je älter es wurde. Es lernte nicht sprechen, sein Nervensystem war so zerstört, dass es Schmerz nicht spürte und die Hand auf der heißen Herdplatte liegen ließ. Es litt an epileptischen Anfällen, unter deren Verkrampfungen sich das Kind einmal mit einem zusammengezerrten Geschirrhandtuch den Oberarm zerschnitt. Als es vier Jahre alt ist, nimmt die Staatsanwaltschaft Ermittlungen gegen Rollo auf. Er wird, als er wieder in Deutschland ist, angeklagt und muss sich, wie beim Tribunal der Hausbesetzer, rechtfertigen wegen eines Kindes, das er gar nicht wollte. Er halte, sagt Rollo vor Gericht, »den Verarbeitungsprozess meine Tat betreffend« für abgeschlossen. Er wird freigesprochen, denn nicht mit letzter medizinischer Sicherheit lässt sich beweisen, dass allein die zwei Ohrfeigen für die Behinderung des Kindes verantwortlich sind.

LÖSLICHER KAFFEE

Übernervös, immerzu sprungbereit wie Katia Wadinski ist, erinnert sie an ein vibrierendes Radargerät. Ihre Pupillen stehen nie still, ihr Instinkt kennt keine Ruhe. Wo sie geht und steht, verwandelt sich ihre Umgebung in ein Gebiet, das von ihr belauert wird. Permanent ist sie auf der Suche nach Gelegenheiten, sich ins Spiel zu bringen, den Gang der Dinge in ihre Richtung zu lenken.

Betritt Katia Wadinski beispielsweise eine Filiale der Berliner Feinkostkette »Butter Lindner«, stellt sie sich nicht geduldig ans Ende der Kundenschlange, um wie alle anderen zu warten, bis sie dran ist, und in der Zwischenzeit das Angebot der in der Theke ausgelegten Lebensmittel auf ihre Einkaufsliste abzustimmen. Sie tippt der am Ende der Schlange stehenden Person auf die Schulter und verkündet in raumfüllender Lautstärke, sie ginge kurz zur Käseabteilung im hinteren Streckenabschnitt der Theke, man möge doch ihren Platz so lange freihalten. Steht sie vor dem Käse, winkt sie nach der Verkäuferin, die vorn an der Theke Brot abschneidet. Sie wolle sich nur mal eben erkundigen, welche der drei Gorgonzolasorten die mildeste, welche die schärfste sei. Die Antwort wartet sie aber erst gar nicht ab. »Ach, ich komm schnell nach vorn«, ruft Katia Wadinski, klackert auf ihren Bleistiftabsätzen los, windet sich durch die Kundenschlange, lächelt dabei mit mädchenhaftem Schulterzucken ihren Platzaufpasser an, zwitschert »nur ein Sekündchen« in den Rücken der Kundin, für die gerade ein Laib Krustenbrot halbiert wird. Bevor Katia Wadinski nun die Gorgonzolafrage wiederholt, fällt ihr Blick auf ein Blech mit frischem Butterkuchen. Ein langgezogener heller Begeisterungsschrei entfährt ihrem Mund, unüberhörbar für sämtliche Ohren der im Laden versammelten Gesellschaft, die, ob sie will oder nicht, nun als Publikum für Katia Wadinskis wortreiche Hymne auf diesen einfachen schmackhaften Kuchen dient und erfährt, dass die energische, stark blondierte Frau jede Sahnetorte links liegen lässt, wenn Butterkuchen in der Nähe ist. Am Ende ihrer Arie angekommen, schaut Katia Wadinski wie eine Lehrerin um sich, die ihre Schüler animiert, sich zu melden. Sie hat die Vorlage geboten zu einer allgemeinen Butterkuchendiskussion, jetzt erwartet sie ein paar angemessene Reaktionen, ein bisschen Gewinn für ihre Investition, ein bisschen Marktplatzstimmung, und allein diese in der Luft liegende Erwartung zwingt jedem, der sich zufällig mit Katia Wadinski bei Butter Lindner aufhält, die Entscheidung zwischen Mitmachen und Ignorieren auf. Und auch wer, genervt von dem Spektakel, zum Schweigen entschlossen ist, Katia Wadinskis aufgekratztes Getue im Stillen sogar verachtet und sie keines Blickes würdigt, kommt nicht darum herum, sich, und sei es nur eine Sekunde lang, gedanklich mit den eigenen Kuchenpräferenzen zu befassen. Irgendjemand nimmt es schließlich auf sich, ihr wenigstens mit einer kurzen Bemerkung Genüge zu tun, irgendjemand räuspert sich und murmelt: »Eigentlich mag ich persönlich am liebsten die Nussnougatcroissants.« Wie von selbst ergibt es sich nun, dass Katia Wadinski bei Butter Linder bevorzugt behandelt und vor allen anderen Kunden bedient wird. Das Krustenbrot bleibt liegen, bis Katia Wadinski ein Päckchen Butterkuchen, eine große Portion Gorgonzola und eine Tüte mit Croissants in Empfang genommen hat. Es kümmert sie kein bisschen, ob sie dieses Privileg genießt, weil die Zuschauer vor ihrer Offensive einknicken, oder weil sie ganz einfach ihre Ruhe haben und das aufdringliche Geschöpf so schnell wie möglich loswerden wollen. Sie schnurrt im Genuss des Privilegs wie eine Katze in der Sonne. Alles andere: nicht ihr Problem.

Es ist einer der kleinen Triumphe, die anzustreben offenbar in ihrer Natur liegt. Zu erobern, was und wen auch immer, sich Situationen gefügig zu machen, aus allem das Beste herauszuholen, dies sind für Katia Wadinski selbstverständliche Lebenstechniken. Dabei wirkt sie gar nicht besonders herrisch, nur über die Maßen quirlig. Sie verbreitet nicht die Kälte einer Domina, sondern die erhitzte Energie eines mitreißenden Wirbelsturms. Dazu kommt: Katia Wadinski ist eine kleine Frau. Sie muss zu den meisten Menschen aufschauen, was diesen wiederum das Gefühl gibt, vor einer Willenskraft zu kapitulieren, die strapaziös, aber auch ein wenig kindlich und so letzten Endes nicht wirklich gefährlich ist.

Dass Katia Wadinski auf Raffinesse setzt, merkt jeder ziemlich schnell. Und doch gehört sie zu den Charakteren, die sich schwer festlegen lassen, da das Wesen ihrer Raffinesse rätselhaft bleibt. Es könnte sich um jene kokette, eher harmlose weibliche Spielart handeln, die lediglich ein Maximum an Aufmerksamkeit erzwingen will. Ebenso gut könnte dies eine Maske sein, hinter der sich eine strategische Verschlagenheit verbirgt, der alles zuzutrauen ist. An dieser Frage biss sich die Berliner Staatsanwaltschaft lange die Zähne aus und kam doch nie dahinter, ob, und wenn ja, in welchem Maß Katia Wadinski in die kriminellen Geschäfte ihres Mannes Jerzej Wadinski eingeweiht oder an diesen Geschäften sogar beteiligt war. Sie war und blieb undurchschaubar, unberechenbar.

Sie ist es auch für die Kundschaft im Feinkostladen, die

schon befreit durchatmet und glaubt, jetzt, da Katia Wadinski mit langen, dunkelrot lackierten Fingernägeln den goldfarbenen Verschlussknopf ihres Geldbeutels aufbiegt, sei der unerzogene Divenauftritt endlich überstanden und die Ordnung im Verkaufsgeschehen wiederhergestellt. Aber nein. Katia Wadinski hat noch einen Trumpf im Ärmel. Sie hat den falschen Geldbeutel dabei, der richtige befindet sich im Auto. Die Verkäuferin hat die Summe, die Katia Wadinski für Butterkuchen, Gorgonzola und Croissants zu zahlen hat, aber schon in die Kasse eingetippt. Ein Problem, das erneut für Verzögerung sorgt und Diskussionsstoff bereithält. Denn Katia Wadinski bietet, als wäre sie eine Parlamentsvorsitzende, die zur Abstimmung aufruft, zwei Möglichkeiten für die Lösung des Problems an, das ihr, wie sie ebenfalls langatmig erklärt, ausgesprochen peinlich ist. Sie könne so schnell wie möglich zum Auto laufen, um den richtigen Geldbeutel zu holen, dann aber müssten bedauerlicherweise alle hier auf sie warten. Oder die Verkäuferin mache sich die Mühe, den Betrag, falls das kassentechnisch möglich sei, zurückzubuchen. In diesem Fall käme sie später wieder, um ihre Einkäufe erneut zu tätigen. Um Katia Wadinski herum herrscht jetzt nur noch Fatalismus. Soll sie tun, was sie will. Zum Auto gehen, einen Geldbeutel oder einen Koffer mitbringen oder es seinlassen. Die Lähmung deutet Katia Wadinski in ihrem Interesse, huscht aus der Tür, kommt nach fünf Minuten wieder, einen Geldbeutel in der erhobenen Hand schwenkend. Auf dem Weg zur Kasse nimmt sie ohne stehenzubleiben blitzschnell noch zwei Döschen Kaviar aus dem Regal. »Ach und die bitte auch«, sagt Katia Wadinski und legt einen Fünfhunderteuroschein in die Geldschale auf dem Tresen.

Die Wadinskis kamen Mitte der neunziger Jahre mit zwei

kleinen Kindern aus Minsk nach Berlin. Sie waren seit ihrer Jugend ein Paar, hatten schon in einem Zimmer zusammengewohnt, als Jerzej Wadinski noch Maschinenbau an der Universität in Minsk studierte und Katia Wadinski als Erzieherin in einem Kindergarten arbeitete. Nach dem Studium erhielt Jerzej eine Stelle als Ingenieur bei den Minsker Traktorenwerken, das erste Kind kam auf die Welt, die Familie zog in eine kleine Wohnung um. Es ging ihnen nicht schlecht, sie konnten sich ausrechnen, welchen Punkt ihr Leben auf der Kurve persönlichen Wohlstands im besten Fall erreichen würde, und sie hatten keinerlei Zweifel daran, dass sie über diesen Punkt weit hinauswollten. Sie wollten nicht das Leben von Menschen führen, denen es einigermaßen geht, sondern das Leben von Menschen, denen es ausgezeichnet geht. Sie waren entschlossen, dorthin zu gelangen, wo sich echter Reichtum befindet.

Die erste Schwelle zur Verwirklichung dieses Plans überschritten sie, als Jerzej Wadinski von einer Tiefbaufirma angeheuert wurde, die am Großprojekt des Potsdamer Platzes in Berlin beteiligt war. Er ging zunächst allein nach Berlin, Katia Wadinski blieb mit den Kindern noch für ein Jahr in Minsk. In diese Zeit fällt, so ist zu vermuten, der Beginn der Einbrecherlaufbahn des sehr groß gewachsenen, schmalen Ingenieurs Wadinski. Zu vermuten ist auch, dass er in dieser Frühphase seiner kriminellen Aktivitäten in Kontakt mit osteuropäischen Banden stand, in deren Hierarchie er die untergeordnete Position eines Lieferanten von Diebesgut einnahm. Die Position eines, so könnte man sagen, Subunternehmers. Wadinski brach in Privathäuser ein, bevorzugt in solche, die in wohlhabenden Berliner Villengegenden lagen, er raubte Schmuck, Uhren, Elektronik, aber auch Küchengeräte wie Espressomaschinen, Waffeleisen, Saftmixer, wenn es sich um hochwertige Markenartikel oder gar um Designerprodukte handelte, die in Osteuropa bei anspruchsvollen Kunden begehrt waren. Er raubte aus Arbeitszimmern Laptops und die dazugehörigen ledernen Laptoptaschen gleich mit, er raubte Mäntel, Herrenjacketts und Damenblazer aus Garderobenschränken, während die Besitzer der Kleidungsstücke im ersten Stockwerk schlafend in den Betten lagen. Er ließ billige Schuhe liegen und nahm nur die teuersten mit, und irgendwann im Lauf der Zeit überfiel er zum ersten Mal ein Juweliergeschäft.

Als Jerzej Wadinskis Familie 1996 in Berlin eintraf, erwartete sie eine Dreizimmerwohnung in der Rheinstraße im Stadtteil Steglitz, ein VW-Passat und der Mitgliedsausweis für ein Fitnesscenter. Jerzej Wadinski arbeitete inzwischen nicht mehr als Ingenieur, er war, offiziell und legal, Teilhaber einer plüschigen Diskothek mit dem Namen Cavalia und führte die Berufsbezeichnung Geschäftsmann. In den folgenden fünf Jahren ging es mit den Wadinskis zügig bergauf, sozial und wirtschaftlich. Auf beides legten sie Wert. Jerzej Wadinski machte sich gleichsam als Unternehmer selbständig. Er etablierte sich als Chef einer vielköpfigen, vielschichtigen kriminellen Bande, die in ihrer Organisation tatsächlich Ähnlichkeit mit einer Firma besaß. Sie verfügte über Handlanger, die wie freie Mitarbeiter nur sporadisch bei Diebstählen und Einbrüchen zum Einsatz kamen, über Chauffeure, die das erbeutete Diebesgut herumfuhren, über Informanten, die lediglich Tipps lieferten, über Mittelsmänner und Hehler. Sie alle fungierten wie Angestellte der unteren und mittleren Ebene der Bande, deren Gesamtorganismus sie gar nicht überblickten. Sie erhielten einen Auftrag, beispielsweise den, das Lager eines Pelzwarengeschäfts bei Nacht zu leeren, führten ihn aus, nahmen ihren Lohn entgegen und verschwanden in der Anonymität. Der Kreis des Spitzenmanagements, das Jerzej Wadinskis Vertrauen genoss, oder dies zumindest glaubte, war auf drei, vier oder fünf Männer beschränkt.

Wenn Jerzej Wadinski, meist erst gegen Mitternacht, das Cavalia aufsuchte, parkte er ein paar Straßen von der Diskothek entfernt, ging zu Fuß zu dem Haus, in dessen Erdgeschoss das Cavalia lag, am Türsteher und dem schummrig beleuchteten Haupteingang vorbei und bog an der Hausecke in eine Toreinfahrt ab. Durch den Hintereingang des Gebäudes erreichte er einen fensterlosen Raum, der als Operationszentrale und Waffenversteck der Bande diente. In einem Tresor wurden besonders wertvolle Beutestücke verwahrt, vorübergehend auch kleinere Mengen an Drogen.

Von den Gästen des Cavalia, vor allem Polen, Russen, Ukrainer, die in aufdringlichen Lederjacken breitbeinig auf den Barhockern saßen und Wodka um die Wette tranken, unterschied sich Jerzej Wadinskis Habitus erheblich. Er trug dunkle Anzüge, darunter schwarze Rollkragenpullover oder schwarze, am Halsausschnitt eng anliegende Baumwollshirts, und außer einem goldenen Ehering und einer unauffälligen Armbanduhr keinerlei Schmuck. Auffallend an Wadinskis bürgerlicher Erscheinung war allenfalls ihre betonte Klarheit, ihre korrekte, fast asiatische Strenge. Er war immer tadellos rasiert, seine schwarzen, nach hinten gekämmten Haare lagen wie eine glattgezogene Kappe auf dem Schädel. Eine blasierte Überlegenheit ging von ihm aus. Man hätte ihn für einen Architekten oder einen Galeristen halten können, für den Besitzer einer Werbeagentur oder für einen Mann, der entschlossen war, in einer der aufsteigenden Branchen der New Economy sein Glück zu suchen. Tatsächlich waren deren beste auch Wadinskis fetteste Jahre. Nur war er eben nicht Börsianer, sondern Bandenchef. Aber die Ideologie vom rasant vermehrten Reichtum, der dem Risikobereiten in den Schoß fällt, der weiß, wie man sich im richtigen Moment und an der richtigen Stelle in Märkte einklinkt, war von Wadinskis kriminellem Parasitentum gar nicht so weit entfernt.

Die Beutezüge, die er, inzwischen auch in anderen deutschen Städten, ausführen ließ und aus der Ferne mittels verschiedener Handys überwachte oder überwachen ließ, betrafen Waren der unterschiedlichsten Art. Zu Wadinskis buntem Sortiment gehörten Untersuchungsgeräte aus Optikergeschäften ebenso wie eine Fuhre Schmelzkäse und eine Ladung Dachpappe. Ende der neunziger Jahre zogen die Wadinskis in den Stadtbezirk Charlottenburg, ins Zentrum des urbanen Westberliner Bürgertums. Sie eigneten sich so selbstverständlich, so mühelos die Kultur und die Lebensweise dieses Milieus an, wie Jerzej Wadinski sich den Bestand seiner Beute aneignete. Sie richteten sich in einer herrschaftlichen Wohnung mit sieben Zimmern, hohen Stuckdecken und offener Küche ein, schafften einen Flügel an, an dem die Kinder von einem privaten Klavierlehrer unterrichtet wurden. Sie mieteten auf demselben Stockwerk ein Appartement dazu, in dem ein englisches Au-pair-Mädchen und eine russische Haushaltshilfe unterkamen. Sie kauften Pesto nicht im Glas, sondern frisch zubereitet beim italienischen Feinkosthändler, hatten ein Abonnement für die Deutsche Oper, fuhren einen Volvo Combi und schickten ihre Kinder auf eine Privatschule, wie andere Eltern ihrer Umgebung, denen die Gerüchte um das miserable Niveau öffentlicher Schulen Sorgen bereiteten, auch. Bei den Elternabenden setzte sich Katia Wadinski engagiert, wenn auch lärmend in Szene. Aber so waren Russen eben, und die Wadinskis waren schon deshalb beliebt, weil die Mischung aus offensichtlicher Arriviertheit und einer Spur Andersartigkeit sie, mitsamt ihrem russischen Akzent, nun mal interessant machte.

Katia Wadinskis quecksilbriges Herumwirbeln, ihr nie ermüdender Drang, mit Dingen und Menschen, möglichst mit mehreren auf einmal, in Kontakt zu kommen, wurde durch Jerzej Wadinskis fast militärisch beherrschtes Naturell ausgeglichen. Einzeln hätten sie seltsam wirken können, sie ein wenig ordinär, er ein wenig unheimlich. Im Doppelbild überwog der Reiz des Kontrastes. Während Jerzej Wadinski für die Mitbewohner des Hauses oft wochenlang unsichtbar blieb, teilte sich Katia Wadinskis Anwesenheit verlässlich und mit einiger Lautstärke schon deshalb mit, weil sie die Angewohnheit besaß, einen dicken klappernden Schlüsselbund an einem langen Band bei sich zu tragen, das wie eine Handtasche über ihrer Schulter hing. Von dem Metallpacken, der bei jedem Schritt gegen ihre Hüfte schlug, ging etwas Einschüchterndes aus. Davon abgesehen war er in modischer Hinsicht irritierend. Katia Wadinski bevorzugte luxuriöse, leicht schrille Garderobe aus Modehäusern wie Gucci und Versace. Diesem Stil hätte eine Handtasche eher entsprochen als ein am Körper getragener Schlüsselbund, der an glatzköpfige Punks und Gefängniswärter erinnerte. Sie lebte, zumindest nach außen hin, das Leben einer selbstbewussten, schicken Ehefrau, der es vergönnt ist, sich um nichts weiter zu kümmern als um das Wohl des Haushalts, der Kinder und der eigenen Person. Wenn sie die Kinder zur Schule gebracht hatte, wurde sie am Stadtpark Grunewald von einem *personal trainer* erwartet, mit dem sie eine Stunde joggen ging und eine weitere Stunde Körperübungen in einem Fitnessstudio absolvierte. Sie traf sich mit russischen Ehefrauen, die genauso lebten wie sie, zum Mittagessen und zum Boutiquenbummel, sie fuhr die Kinder zum Hockeyverein, begleitete sie zu nachmittäglichen Kino- und Theatervorstellungen, sie plante die Familienurlaube. Wadinskis bevorzugtes Ferienziel war ein Resort der Hotelgruppe RIU an der Südküste der Insel Gran Canaria.

Niemand weiß, ob Katia Wadinskis Wege je zu der konspirativen Wohnung führten, die, ein paar Parallelstraßen vom Haushalt der Familie entfernt, das eigentliche Beutelager Jerzej Wadinskis beherbergte, ob ihr überhaupt die Existenz dieses Depots bekannt war. Als Beamte des Landeskriminalamts nach der Festnahme des Bandenchefs Wadinski am 8. Januar 2002 die Räume besichtigten, trauten sie kaum ihren Augen. Sie kamen sich vor wie in einem mit Waren vollgestopften Miniaturkaufhaus. Sie fanden zu Bergen aufgeschichtete Pelzmäntel und Pelzjacken, Hunderte von Brillen, bis zur Decke reichende Türme von Videorecordern und Computern, Kartons voller Schmuck, eine Auswahl medizinischer Untersuchungsgeräte, zwanzig Gramm reines Heroin, ein paar Säckchen Kokain, tausend Tabletten Ecstasy und fast zweihundert Waffen, vor allem Pistolen. Essensreste und mehrere auf dem Boden ausgebreitete Matratzen ließen vermuten, dass die Wohnung auch als Gelegenheitsunterkunft gedient hatte, wohl für kriminelle Exporteure und Chauffeure, die zwischen Berlin und Polen pendelten.

Die Observation der Bande durch eine Sondergruppe des Dezernats für organisierte Kriminalität hatte ein Jahr zuvor begonnen. Über Monate hin hörten die Ermittler sämtliche Gespräche mit, die das Ehepaar Wadinski mit seinen Handys führte. Aus Katia Wadinskis Telefonaten ergab sich lediglich, dass sie fast wöchentlich Friseurtermine vereinbarte, täglich mindestens zweien ihrer russischen Freundinnen über die hinter ihr liegenden und noch auf sie wartenden Erlebnisse Bericht erstattete, einen Kinderarzt mit Sonderwünschen zur Verzweiflung brachte und eine überaus treue, mit ihrem Mann eng und loyal verbundene Ehefrau war. Sollte eine solche tatsächlich nicht wissen, womit sich der Gatte beschäftigte, wenn er um elf Uhr nachts die Wohnung verlassen hatte und erst im Morgengrauen zurückkehrte? Nie, in keinem Gespräch war Katia Wadinskis Geplauder Unmut über dieses nächtliche Aushäusigsein zu entnehmen, nie klang es so, als hege sie unterschwellig Zweifel an Jerzejs Treue. Ebenso wenig aber streiften die Telefonate auch nur ein einziges Mal Jerzej Wadinskis kriminelle Aktivitäten. Dessen Handygespräche waren für die Ermittler zunächst nicht ganz einfach zu entschlüsseln, da er sich, wenn es um seine Geschäfte, um Einbrüche, Adressen, Namen von Bandenmitgliedern ging, eines differenzierten Codes bediente.

Eines Tages, im Sommer 2001, fiel in seinen Handygesprächen immer wieder das Stichwort »Kaffee«. Jerzej Wadinski hielt sich mit der Familie in Gran Canaria auf und dirigierte nebenbei fernmündlich drei Einbrüche in Juwelierläden. Um das zu verstehen, kannten die LKA-Leute den Wadinski-Code inzwischen gut genug, zumal es ihnen gelang, die Chronik der Einbrüche, die der Bande zuzurechnen waren, mit deren Spezialsprache zu kombinieren. Aber »Kaffee«? Der Begriff war neu. Was konnte er bedeuten? Sollte es sich um eine ziemlich amateurhafte Übersetzung von Kokain handeln? In einem Gespräch war allerdings von »zwölf Tonnen Kaffee« die Rede. Zwölf Tonnen Kokain? Hatte es in der Geschichte des Drogenschmuggels je eine vergleichbare Fracht gegeben? Und wenn, war dem Charlottenburger Russen solch eine elefantöse Operation zuzutrauen? Die Kokainspur verlief sich im Nebel. Sie verknüpfte sich nicht mit einem Fall, den zur selben Zeit Bremer Kriminalkommissare berätselten und der, auf das vermeintliche Codewort »Kaffee« bezogen, dieses sofort erklärt hätte. In der Nacht vom 12. auf den 13. August 2001 verschwand vom Gelände einer schleswig-holsteinischen Spedition ein Lkw samt Anhänger. Er verschwand spurlos. Er war morgens einfach weg. Er war, was sich erst im darauffolgenden Jahr rekonstruieren ließ, von zwei Polen des Wadinski-Unternehmens gekapert worden. Sie chauffierten den Lkw in der Nacht über die Autobahn nach Berlin und stellten ihn im Morgengrauen im Hinterhof einer leerstehenden Fabrikruine im Berliner Bezirk Wedding unter. In dem Lkw und seinem Anhänger befand sich Ware der Bremer Kaffeefirma Jacobs Suchard. Es handelte sich um zwölf Tonnen löslichen Kaffee im Wert von 75 000 Euro, der unter dem Namen »Krönung Gold« auf den Markt kam. Verpackt war die Kaffeeladung sowohl in zwei Meter hohen Metallcontainern als auch in Kunststoffsäcken, sogenannten Totbins, in die fünfhundert Kilo hineinpassten. Die zwei Polen luden die Fracht mit einem Gabelstapler aus, deponierten sie in der Ecke einer Lagerhalle und fuhren anschließend den Lkw auf einen Parkplatz auf dem Berliner Autobahnring. Vermutlich wurden sie dort von Kollegen erwartet, die sie nach Berlin zurückbrachten.

Während des halben Jahres, das zwischen dem Kaffeeraub und Wadinskis Festnahme verging, lernte das Bandenpersonal, das in wechselnden Schichten die Abfüllung und Portionierung des braunkörnigen Berges zu bewältigen hatte, diesen als schiere Himmelsplage kennen. Zwölf Tonnen löslicher Kaffee vermögen Eigenschaften anzunehmen, die sehr unangenehm, ja geradezu unappetitlich sind. In Bewegung geraten, entfesselte der Kaffeestrom, der aus den Säcken und den Verschlussklappen der Container wie aus geöffneten Staudämmen herausfloss, regelrechte Staubwolken, was die Kaffeeabfüller zwang, mit Mund- und Nasenschutz zu arbeiten, als befänden sie sich in einer asiatischen Metropole, in der Smogalarm herrscht. Hinzu kam ein zweiter chemischer Effekt: Liegt löslicher Kaffee erst einmal eine Weile offen herum, verwandelt er sich durch die Verbindung mit Luftfeuchtigkeit in eine klebrige, pappige Masse. In eine Substanz, die frischem, breiigem Hundekot ähnelt. Nur war es eben kein Hundehäuflein, in dem die osteuropäischen Hilfskräfte herumrutschten, sondern eine sich immer weiter ausbreitende, irgendwann den Boden der halben Lagerhalle bedeckende Schlammfläche. Um ihr zu trotzen, musste die Arbeitsausrüstung ergänzt werden. Wadinskis Bande hinterließ in der Lagerhalle mehrere Paar Gummistiefel mit dicker Profilsohle.

Zwölf Tonnen sind zwölf Tonnen. Wer auch immer in den Herbstmonaten 2001 an der Schinderei mit »Krönung Gold« beteiligt war oder den eigenen Bedarf und den von Verwandten, Freunden, Bekannten über Jahre hinaus mit löslichem Kaffee versorgte, muss im Lauf der Zeit den Respekt vor der Ware und seinem materiellen Wert gründlich verloren haben. Die Schwelle der hygienischen Rücksicht muss im Lauf der sisyphusartigen Abfüllung erheblich gesunken sein. Zum Abwiegen von Zehn-Kilo-Portionen diente, allerdings nur in der Anfangsphase, eine Personenwaage. Die Portionen wurden dann in einfache blaue Mülltüten gefüllt, der Kaffee in den Tüten vermutlich nach Polen transportiert und dort an Kaffeeautomatenaufsteller verkauft. Aus dem Abfüllungsvorgang schwand im Lauf der Zeit allerdings jegliche Präzision. Auf ein Kilo mehr oder weniger kam es Wadinskis Leuten nicht mehr an, die Personenwaage überhaupt nicht mehr zum Einsatz. Sie schaufelten den Kaffee nur noch mit einem Besen zusammen, schoben die Haufen auf ein Kehrblech und kippten das braune Zeug, egal ob es frisch aus den Containern herausrauschte oder aus der Schlammschicht vom Boden stammte, wild durcheinander in die Mülltüten. Das Profitstreben, dem der Kaffeeraub ursprünglich diente, dürfte sich mehr und mehr in angewiderten Vernichtungswillen verkehrt haben. Wadinski selbst lernte den Geschmack von »Krönung Gold« nie kennen. In seinem Haushalt gab es eine italienische Espresso- und Cappuccinomaschine.

Mit den Jahren und Erfolgen ging aus Jerzej Wadinskis Kaltschnäuzigkeit ein verwöhnter Hochmut hervor, ein Gefühl imperialer Überlegenheit, das ihn am Ende schneller zu Fall brachte, als dem LKA recht war. Er hielt sich für unantastbar, für einen Mann, dem alles zustand, der sich, was auch immer sein Interesse weckte, einfach schnappen konnte, ohne je selbst geschnappt zu werden. Die Realität sah anders aus. Während die Bande immer dreister und fahrlässiger zu Werke ging, verdichtete sich das Informationsnetz der LKA-Ermittler. Sie warteten mit der Festnahme Wadinskis allerdings und ließen ihn gewähren, um aus den Puzzleteilen seiner Aktivitäten, seiner nach Polen und von dort in andere osteuropäische Staaten hineinreichenden Verbindungen ein möglichst komplettes Bild zu gewinnen. Dann aber ging alles Schlag auf Schlag.

In der Nacht des 7. Januar 2002 wurde in eine Berliner Augenarztpraxis eingebrochen. Sie befand sich im selben Haus wie das Cavalia, drei Stockwerke darüber. Offenbar benötigte Jerzej Wadinski auf die Schnelle ein bestimmtes Untersuchungsgerät, offenbar war er inzwischen verstiegen genug, das Gerät auf dem kürzesten Weg besorgen zu lassen, ganz einfach beim Hausnachbarn. Die Einbrecher, die die Augenarztpraxis zerlegten, benahmen sich dabei wie in der eigenen Küche. Sie verschütteten eine chemische Flüssigkeit, die noch tagelang durch den Hausflur roch, sie hinterließen Spuren, die am nächsten Morgen die Einsatzpolizei schlafwandlerisch zum Hintereingang des Cavalia führten. Jerzej und Katia Wadinski beobachteten das Geschehen aus der Entfernung. Sie umrundeten mit ihrem Volvo das Cavalia und sahen zu, wie ein Polizeiauto nach dem anderen vor der Diskothek hielt. Dass sie dabei selbst vom LKA observiert wurden, das sich dem Cavalia diskret näherte und den Einsatz der Kollegen mit gemischten Gefühlen verfolgte, ahnten die Wadinskis nicht. Katia Wadinski stieg aus dem Volvo. Sie überquerte die Straße, ging mit dem Handy am Ohr langsam auf das Cavalia zu. Sie solle, sagte Wadinski, mit niemand sprechen, sich nur umschauen. Plötzlich änderte er seine Strategie. Er fahre, kündigte er Katia Wadinski an, nach Polen, er fahre sofort los. Sie solle aus dem Cavalia verschwinden und mit den Kindern nachkommen. Ein paar Minuten später wurde das Ehepaar festgenommen, Katia Wadinski allerdings nach ein paar Tagen aus der Untersuchungshaft entlassen. Der Verdacht, dass sie die Geschäfte ihres Mannes gut genug kannte, um jederzeit wie eine Art Evita Perón an seine Stelle zu treten, lag nahe. Aber beweisen ließ es sich nicht.

Während des Prozesses, der gegen Jerzej Wadinski und acht weitere Bandenmitglieder geführt wird, ist sie irritierend guter Dinge. Sie macht nicht den Eindruck einer niedergeschlagenen Frau, die weiß, dass sie auf den Gatten für etliche Jahre verzichten muss, weil er im Gefängnis sitzt, eher den Eindruck einer Rennbahnbesucherin, die auf ein Pferd gewettet hat und von der Tribüne aus das Rennen verfolgt. In den Verhandlungspausen irrlichtert sie vor dem Gerichtssaal über den Flur, verwickelt den russischen Übersetzer in ein Gespräch, unterbricht es, um einen Vorbeilaufenden nach Feuer für ihre Zigarette zu fragen, nimmt nebenbei ein Handygespräch an und wedelt mit der Hand, in der sie die Zigarette hält, einer Gerichtsreporterin zu. Es ist nicht ganz klar, was das Signal zu bedeuten hat, wie sich auch sonst über Katia Wadinski, ihre Pläne, Ziele, Hintergedanken, nur spekulieren lässt. Bei Katja Wadinski ist nichts unmöglich.

NOTIZ

Die Geschichten dieses Buches entstammen der Realität. Dem Charakter als Erzählungen entsprechend weichen sie jedoch in zahlreichen, Schauplätze und narrative Abläufe betreffenden Details von ihr ab. Bis auf den Namen des Protagonisten in »Tennis« sind sämtliche Figurennamen fiktiv.

INHALT